自由自在
零帕族

锦漠 ◎ 编著

人民邮电出版社

北 京

图书在版编目（CIP）数据

自由自在零帕族 / 锦漠编著. -- 北京 ：人民邮电
出版社，2011.11
ISBN 978-7-115-26382-7

Ⅰ. ①自… Ⅱ. ①锦… Ⅲ. ①心理压力－调节（心理
学）－通俗读物 Ⅳ. ①B842.6-49

中国版本图书馆CIP数据核字(2011)第192938号

内 容 提 要

　　“零帕族”该词来源于网络，是目前出现的新词汇。“零”即为0，“帕”是压力的衡量单位，专业述语，帕斯卡。所谓“零帕”就是没有压力。“零帕族”指栖身于现代社会各种角色、承载于来自生活及工作中的各种压力、仍能保持积极乐观心态的人群。

　　没有压力在现代社会是完全不可能的，而化压力为无形是“零帕族”与苦于生计的现实生活博弈致胜的“零帕妙招”。只要是不畏工作压力、生活压力、社会压力，能时刻保持豁然心态的人都是“零帕族”。“零帕”不仅仅是一种生活方式，更是一种精神，一种态度。

　　本书旨在帮助读者学会调节工作压力，平衡生活与工作之间的矛盾，不做压力的“奴隶”，重新收拾心情，以积极、乐观的态度面对人生，享受工作享受生活。让我们学会“零帕”，因为“零帕”是一种生活态度，是换个角度看压力，不是无所谓，不是放弃，而是用愉快的心情化解，最终将压力打败。

自由自在零帕族

◆ 编　著　锦　漠

　　责任编辑　王建军

　　执行编辑　赵　娟

◆ 人民邮电出版社出版发行　　北京市崇文区夕照寺街 14 号
　　邮编　100061　　电子邮件　315@ptpress.com.cn
　　网址　http://www.ptpress.com.cn
　　北京铭成印刷有限公司印刷

◆ 开本：700×1000　1/16
　　印张：15.5　　　　　　　　2011 年 11 月第 1 版
　　字数：178 千字　　　　　　2011 年 11 月北京第 1 次印刷

ISBN 978-7-115-26382-7

定价：32.00 元

读者服务热线：(010) 67119329　印装质量热线：(010) 67129223
反盗版热线：(010) 67171154

什么？还在为升职而拼命加班，为每月房贷而忧虑，勉强自己去四处相亲……那你真的需要读一下《自由自在零帕族》了。

在网络上迅速蹿红的"零帕族"，以零帕智慧轻松过生活、快乐闯荡职场、挑战压力零极限。

"零"即是"0"，"帕"为压强单位——帕斯卡。"零帕"，就意味着在轻松、无压的状态下生活。

在盛产"孩奴""房奴"的今天，每个人都在社会的重压下苦苦挣扎，"零帕族"的问世，无疑是一阵清风过面，他们积极、进取，不随波逐流，以大智慧看待生活，给那些众"奴"压身的朋友提供了一种全新的生活方式。

"零帕"者，零怕。将我们承载的压力归零，追求工作有型、生活有范儿。

一花一世界，一叶一菩提。我们的生活，也许是一座地狱，也许是一座天堂，这完全取决于我们自己的理解与选择。

物质的需要并不是人们工作、生活的唯一动机。那些跟青春有关的日子，怎能被不知趣的压力涂抹成灰白？

从现在开始，给心情做个深呼吸：下班到家已暮色四合，躺在惬意与慵懒里，梳理下白天繁杂的思绪，明净温婉的心情，如同一杯醒神的绿茶，甘甜、清澈，一扫身心的困乏。周末的清晨，别让美好的时光在懒觉中悄悄溜走。穿上久违的运动衣，走出屋子，大声和公园里散步的街坊四邻问好。晴好的下午，拉开窗帘，让光线尽量地透进来，煮一小杯咖啡，手捧一册手卷，抛开机械与理智，带着点儿随意性，翻到哪页是哪页，因为书中的情节与字句都是老相识了。

从现在开始，感受自由的畅快淋漓：背上背包、交出钥匙、旅行就是如此的简单。如果时光可以倒流，如果不曾擦肩，如何一切只若初见？再多的如果，不如一次勇敢地实践。与其躲在自己世界里疯狂地寂寞，不如走出去。人生本是一场未知的旅行，遇见便是一场美丽的意外，看一处风景，听一段故事。

从现在开始，尝试着过小资但不骄奢的日子。做一次西餐、把房间涂成淡紫色、拥有一个漂亮的坐骑、看一场音乐剧、记录下这个城市的表情……那些带着点小资调调儿的生活未必一定骄奢。彻底剔除骨子里的阴郁，抛开可笑的"安全感"，勇敢地去做一件自己想做但一直没做的事情。

从现在开始，做一个有型的"零帕达人"。一张一弛中尽显智慧，一呼一吸中方能感受到生活的真切。在24小时中，你总能寻找到属于自己的一段光阴，无论你何时造访，熟络地推门进院，悠闲与安然的氛围帮你熨平所有的零乱。

零帕生活，需要一点点智慧，以及一点点勇气。摒弃欲望，于万千尘世纷扰后，拨开去雾，与心灵践约。

目 录

I 欢迎，加入零帕族

II 快乐工作，享受生活，哦耶！

工作篇

生活篇

I

欢迎，加入零帕族

3个"零帕族"职场故事

当新的一天太阳升起的时候，无论是在平凡或是不平凡的生活里，一切都从零开始了。

零是一种境界，而"零帕"则是一种智慧，一份果断而巧妙摆脱生活喧嚣的大气与从容。

现代职场从不缺乏压力，它像尘土一样飘浮在我们的周围，还不时龇牙咧嘴地向我们做鬼脸。它也从不自然消失，你愈在乎它，它愈是没完没了地纠缠。然而，当你无视它时，它就像没了兴致的孩子一样，停止它那无休无止的闹剧，在一旁安静下来……

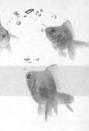

零怕，才能够"零帕"

什么？你还在为升职、为加薪而烦恼？那你真该加入"零帕族"的行列了！

职场潜规则，社会厚黑学，以及那些看不见的雷区……这一切足以让原本简单的职场变得复杂。

面对纷繁的压力，面对突如其来的危机，选择无视它们，这并不是鸵鸟心态，而是把心态放平，静静等待花开。

> 零帕达人：童童
> 职　　业：外资公司职员
> 星　　座：金牛座
> 零帕宣言：零怕，才能"零帕"

《杜拉拉升职记》出版后，少不了相关的热议和追捧。

童童也非常喜欢杜拉拉这个角色，虽然她只是个虚拟的人物，但是现实生活中却比比皆是。从一个没有任何背景的小小助理，成长为DB中国的HR经理，表面上看起来很风光，背后的辛苦只有她自己知道。

童童在刚进公司的时候，做什么事情都是小心翼翼，生怕出一点儿差错。毕竟能进外资公司已经很不容易了，这也是她梦想起步的地方。她想留下来，想在这个大城市书写潇洒人生。

梦想很丰满，现实却很骨感。虽然已经很小心了，但还是频频出错；已经很努力工作了，可上司就是看不到她的拼命，同事却因为她太过上进而排斥她。一次，因为填错发货单上的数字，而被上司群发邮件点名批评；好容易办事得力让客户满意，功劳又被上司抢了去。

一时间，压力、悲伤从中而来，童童觉得自己快喘不过气来了。朋友们看到她这样辛苦，心疼她是"老黄牛"。看到朋友们整天乐呵呵的，而且一副泰山压顶面不改色的无所谓样子，她渐渐地想明白了——自己的心情，应该自己做主；反正开心是一天，不开心也是一天，还不如痛痛快快、轻松惬意地享受生活。

两年的职场生涯，她已习惯了这样的工作环境，与其花力气与各种压力抗衡，不如改变自己的心态。平时，能不加班，就坚决不加班——每天8小时已经耗尽了精力，与其在与时间的厮磨中频频出错，不如放轻松、提高效率；周末，更要给心情放个假，和朋友一块逛街、购物、看电影、聚餐……

零怕，就应该是这样，既要努力工作，又要享受生活。以"零怕"灵活应对职场中各种变化。时时充满自信，积极乐观，偶尔被排挤、被误会，也要相信雨过后天晴。心转则境转，客观环境无法改变时，我们只要愿意积极调整自己的心态，一切都会变成另一副模样。

在良好的心态下，童童不仅建立了良好的人际关系，而且工作成效也越发提高。在一次讨论会后，老板找她单独谈了话："下个月你升职为部门主管。"开心之余，在年终的表彰大会上，童童也不忘与大家分享自己的职场"零怕"精神。

以零怕精神闯荡职场，还有什么好怕的！

会做饭的男人更感性

美妙的音乐，醇美的香槟，可口的食物，再加上朦胧的月色、迷人的风景……谁也抵挡不了如此"动情"的诱惑。

可是，细数一下那些顶级的"动情"餐厅，哪家是可以"免费"享用的？纵然你赚钱再多，也经不起那里的"浪漫"消费，一个月只要去几次，你的钱包就会迅速"瘦身"。

每天让大脑这么辛苦了，更不能委屈肚子了。每天都绞尽脑汁地工作，如果不用美食来进补，所有的"灵感"可能都要罢工了。

享受不了"浪漫"的，当然也不能拿那些廉价的快餐来糊弄，特别是出了"地沟油"事件后。那么，亲自下厨，似乎势在必行！

零帕达人：李卿
职　　业：商贸公司职员
收　　入：4000元左右
工作城市：上海

李卿，普通职员一名，但头顶上的光环却不少。上学时，因为苦念《道德经》，一不小心被同学送了个"道长"的外号；现在，身居一线城市上海，生不容易，活更不容易，一不小心又被冠上各种名号：蚁族、蜗居族、奔奔族……

李卿性格十分开朗，常常跟朋友们自嘲："作为一个压力，我常常觉得自己很大。"这句话也常常逗得同事们哈哈大笑。

确实，现在没有一种仪器，可以精确地测量出现代白领肩上的压力到底有多大。就算有，那压力指数也必定是在"爆灯"的位置。

李卿虽总是在口上说自己压力很大，但是他整日乐呵呵的，朝气十足，也常常给他人带来快乐。可想压力大对于他来说，并不是一件可怕的事情，他会开动脑筋，试着让自己轻松、无压。在一线城市，别看他每月只有4000元左右的收入，却照样可以把无压力的"零帕生活"过得有滋有味。

当然，以现有的经济条件，他肯定不会选择当"房奴"。几十万元的首付，每月几千块的月供，就算他的腰杆挺得再直，房贷也会瞬间把他压弯。

他在吃的方面相当讲究。因为崇尚"会做饭的男人更感性"这句话，他每天下班后，系上围裙，在厨房里叮叮咚咚，忙得不亦乐乎。

闲暇的晚上，他还上网搜点做菜的妙招，下载一些做菜的视频……

一到周末，他还约上几个朋友到郊外去游玩，带上自己亲手做的便当，一来呼吸呼吸新鲜空气，二来也在哥们儿面前小露一手。

"我会做饭，也喜欢美食。不过，别质疑我，我是个爷们儿，纯的！只不过，我这个爷们儿更感性。"

他就是这样一个人，自信、随和，两句话就能把大家逗乐。

其实，幸福生活只是一种感觉，它并不取决于你收入的多寡，而是内心的一种感受。要幸福，首先别被压力击垮，而要想办法战胜它。

你若想成为"零帕族"中的一员，你首先得懂得运用智慧，在有限的精力、有限的货币中营造出无限的浪漫人生。

"高压锅"里烹出了"零帕精灵"

谁不想拥有一套房子、一辆车、一张数字不断飞涨的银行卡？也正是这样的愿望，让那么多人一步步变身为"奴"。

对于很多普通人来说，"房奴"的生活还没有结束，"孩奴"的日子又拉开了帷幕，紧接着的就是"车奴"、"卡奴"、"菜奴"……这一切，怎么不让人感到身心疲惫？

当你感觉被生活的"高压锅"压得喘不过气来的时候，是该好好放松一下了。释放压力，调节身心，给自己一点欢笑，做一个游走于重压之下，仍然腰杆笔挺的"零帕达人"。

> 零帕达人：小崔
> 星　　座：白羊座
> 职　　业：传媒公司策划
> 工作城市：广州

小崔是个典型的O型血白羊座女孩，充满活力、勇气，她身上散发的精气神儿吸引着周围的人。而且，她富于竞争力，不服输，一旦认准了目标就不会轻易放弃。也正是她的这些特点，让她在职场磕磕绊绊的同时，也步步高升。

　　入职四五年来，每天从睁开眼一直忙到深夜才能合眼休息。坐在办公室，无论她这一天是才思泉涌，还是毫无头绪，都要在下班前拿出两个策划方案。有时，赶得不巧，几个方案会同时积压在手，天天被客户催着要。

　　晚上回到家，做着晚饭，泡着澡，躺在床上满脑子还是方案：今天有几个还没有完成，明天又要做哪几个……老公笑她是"媒体民工"。

　　确实，每天早晨化了精致的妆容、穿上丝袜、脚踏高跟鞋，然后游走于城市的各大写字楼之间……表面上看来，是个风光无限的都市白领，而内心的压力与苦闷只有她一个人知道。

　　职场对小崔来说是个巨大的"高压锅"，但却催生出她这么个"零帕精灵"。

　　"要不是去看医生，我可能都不知道自己的眼睛就要失明了，说不定现在还在电脑前忙着做方案呢。"

　　也正是医生的劝告，使她把注意力从工作，转移到了旅行上来。

　　其实，小崔和老公都十分喜欢旅行，只要两个人有时间，就会天南地北地去游玩一番。完全抛开工作上的压力，让心情归零，而且还顺便给自己充充电。

　　他们两个人旅行从不报旅行社，也不跟团，而是喜欢自由行。他们喜欢到一些没有多少人去过或很少人注意到的风景区，更自由地体验当地的风土人情。一方面，彻底放松了心情，另一方面可以结交到不少志同道合的朋友。

　　在他们两人的卧室里贴着一张中国地图，他们每到一个地方，小崔就会在地图上用红笔标上一个圆圈。

"真希望我们的足迹能遍布整个中国。"

每次旅行回来，小崔又能精力充沛地投入到工作中，似乎压力也没有那么大了。

畅快淋漓地去享受工作，然后再充分地放松自己——一张一驰，这也是零帕的智慧。

人生就像一场旅行，不在于走得多快，而在于你行走时的心情。轻松一点，你才有更多的心情去体会生活中的美好。

职场之道，从来不是一帆风顺的，每位职场人的背后都会有辛酸挫折。之所以有的人快乐洒脱，有的人疲惫困惑，其根本原因在于如何看待，如何取舍。如果我们与时间作战，与开心摆擂台，那么只能一败涂地，只能选择无奈、一声叹息。

零帕精神，从来不教你如何成为强者，而是教你如何成为智者，成为快乐的掌门人。

02.

加入 "零帕族"
从认清自己的价值观开始

很多时候，因为跑得太快，我们已经忘记了当初为什么而出发。

工作，难道是一份为
"五斗米折腰" 的苦差？

测试：你是 "上班奴" 吗？

1.你是否已被工作牢牢绑住，但却离不开工作？

2.你是否整天喊着辞职，但却迟迟不敢行动？

3.对工作没有激情，在你看来，工作不过是一个养家糊口的手段。

4.到了周末，你也懒得出去走走，而是在家睡觉。

5.总是很忙，但却不知道为了什么而忙。

6.你的付出和收入总是不成正比。

7.你认为公司的制度，还不及领导的一句话管用。

8.人际关系太复杂了，远也不行，近也不行。

9.梦想渐渐熄灭，开始有了"认命"的感慨。

10.职位在提升，薪水也在涨，但幸福指数却并没有随之而涨。

测试结果：

上述10个问题，如果你有1~3个答案是"yes"，那么你已经走在通往"上班奴"的路上。

如果有4~6个答案是"yes"，那你已经是初级"上班奴"了。虽然已被工作绑架，但你依然拥有热情。

如果有7~10个答案是"yes"，那么，你已经彻底沦为"上班奴"。你也许觉察到这并不是你想要的生活，但你已经习惯了，也已经忘了最初的理想。

纵然，繁华的都市处处流淌着休闲气息，但大部分的职场人、上班族仍保持着紧张的工作节奏。

夜幕已经降临，可是你的办公桌上仍堆着加班也做不完的工作；好不容易到了周末，天气晴好，你却抽不出时间跟家人去游玩；大大小小的日程不断地在你的脑子里翻滚，渐渐成为一堆乱麻……

那些职场上人人艳羡的"白骨精"，孰不知，他们光鲜外表之下是压

得人喘不过气来的"三座大山"：工作、人际、生活。工作，永远是浩瀚无边的大海；而人际则是剪不断理还乱的麻团；生活，则是来不及享受风景的过山车。

为什么过得有声有色的永远是别人，忙得焦头烂额的却总是自己？

其实，并不是自己不够努力，而是缺少正确的方法。

欣怡在公司已经工作4年了，"多年的媳妇熬成婆"，上个月她刚被提升为主管。按说，她应该高兴才对，可是她却一直闷闷不乐。

她和丈夫一直商量着想要一个孩子，可是就在这个刚刚晋升的节骨眼上，如果要孩子别说主管的位子保不住，恐怕连工作都会有危机。

看着手下的那些"85"后和"90"后整天激情昂扬，她心里产生了一种莫名的职场恐惶。她怎么能输给这群小丫头呢？为了保住自己的业绩，她开始频繁加班。她感觉，只有加班，才能显示出自己对工作的忠诚。尽管有100个不愿意，但她还是不断勉强自己。这种近乎陀螺般周而复始的职场生活让她对工作开始厌倦，甚至恐惧。

她开始变得焦虑，脾气也异常暴躁，回到家里，对丈夫时常冷言冷语。慢慢地，失眠、健忘的症状也都找上门来了。

她去医院一查，医生说，你这是典型的压力过大造成的"亚健康"。

丈夫知道后，在本地的一个户外活动俱乐部给他们两人报了名。一到周末，他们便骑着单车远足。时间久了，欣怡开始审视自己的工作态度，渐渐发现，有时候她就是在自我施压，硬生生把原本挺直的腰给压弯了。

职场中的你是否也有过这样的困扰？

站在河的这岸眺望，对岸一片灯火辉煌，美不胜收。心想着，自己再努力一点，到达对岸就可以生活得幸福。

为了这个目标，你开始拼命工作、拼命加班，和众人一起挤独木桥。可是，等你过五关、斩六将闯过去的时候，你才发现，对岸亮着的只不过是一支蜡烛。

难道幸福只是一种幻觉？不，只是因为你在自己的幻觉中停留得太久。

如果你能调整心态，以更加积极的状态投入到工作中，把工作当成是一种享受，那么，你无须到达对岸，便生活在幸福之中。

零帕，我的幸福，我来定；我的职场，我做主。如果你把工作当成爱人去呵护，那么，一天中最宝贵的8个小时便是在甜蜜中度过；如果你把工作看作是为"五斗米折腰"的苦役，那么，你每天都要与时间拼命厮杀8小时。要想职场零帕，首先要拒绝被工作"绑架"，拒绝做工作的奴隶。

激情昂扬地去工作，不只追逐目标，也领略途中的风景。

安全感，才是偷心的贼

几米用细腻而流畅的线条，清新而绚丽的色彩，在《向左走，向右走》中给我们展示了那样一个唯美而浪漫的世界。两个人，那么近，又那么远。虽然同住在一栋公寓里，彼此仅有一墙之隔，但却因为习惯了向左或者向右，而从未遇见……

当为他们的错过而叹息的时候，我们也在悄悄地猜测着，在我们的生

活中又错过了哪些？

其实，习惯并不是最可怕的，它可能会让你错过一段还未萌芽的爱情，错过一次你不知道的机遇，又或者是一班公交、一次商场促销……但是，错过的这一切，都是你所未知的，你不会有遗憾，也不会为此而懊恼。

安全感，才是那偷心的贼。是它，让你心甘情愿地沦为"房奴"、"孩奴"、"卡奴"……是它，让你无法放手一段已经变了质的爱情，也正是它，一步一步磨灭掉你的梦想、你的激情，让你无法自如地过自己想要的生活。

有这样一段让人啼笑皆非的小故事：

小夫妻两个人，辛辛苦苦打拼，然后按揭买了幢海景别墅。因为还房贷的压力太大了，两个人不得不每天早出晚归。然而，他们家的小保姆每天做得最多的事情就是抱着他们家的猫，懒懒地窝在阳台的躺椅上，吹吹海风、喝喝咖啡、看看小说、发发呆……

无数人都会羡慕"小保姆"的惬意。拼命赚钱，也正是为了那份惬意而去的。可是，因为安全感，谁都不愿意选择当那个"小保姆"。

曾几何时，周围的人都在讨论房价。哪个地段又涨了，涨了多少，首付几成，几折利率，哪家银行最为实惠……为了买房而着急的人，日子洒脱不起来；而买了房的人，更是洒脱不了。

一时间，房子把所有人的目光都聚集了，也把所有人的梦想给"绑架"了。因为每月几千块的房贷，就算你住在最繁华的地段，也听不到这个城市的心跳；就算住在装修最华美的房间，你的生活也是黑白的。

其实，买不买房，你有得选；过怎样的生活，你完全可以按照自己的

意愿办。

不买房又怎么样？一切顺其自然，当有则有，绝不苛求。没有压力的"零帕生活"，再忙碌的日子也不会因此而黯淡，因为你自己才是生活的主宰。

林平赚的钱虽不多，但一家三口的日子却过得怡然自得。在"众奴"盛行的今天，他坚持过自己的生活，绝不化身为"奴"。

就在前不久，他目睹了同事因为国家的房贷政策而大伤脑筋，茶不思饭不想的经历。身旁的同事，有的为了首付七拼八凑，有的被房子折腾得连婚礼都无暇顾及……林平心里就想：何必呢？

他和媳妇这些年一直租房住，生活质量不也一点没降低吗？想到收入的大部分都要交给银行，拿去还贷，而且房款还没还完，孩子就出生了，何时是个头啊？

现在，林平哪家银行的债都不欠，日子过得有滋有味，孩子的奶粉钱、教育经费留得足足的，而且有点闲钱还能出去旅游，可比"房奴"过得滋润。

要过得洒脱，就得用零帕精神甩掉压力，远离那些可笑的"安全感"，什么"奴"都不做。

安全感，它常常用一个我们看不见的牢笼，然后一次又一次地吓唬我们，直到我们心甘情愿地钻进笼子，做它的奴隶。

安全感，带给我们的可能是一时的心理安慰，但却剥夺了我们一部分自由与幸福。

零帕，什么奴都不做。用智慧走出安全感的牢笼，巧妙地将压力化为无形。生活幸福的人未必都是那些有房、有车、有大量存款的人；那些拥

有正确价值观，既不随波逐流，也不屈从于人生枷锁的人，照样可以生活得很幸福。

每个人都有自己的理想和抱负，如果这些目标不是建立在实际的、力所能及的基础上，那么这些目标就会化为压力，一次又一次地打击你的自信心。

要加入"零帕族"，首先从正视自己开始，调整自己的目标，重新审视自己的价值观，以一颗泰然自若的平常心，来工作，来生活。

03

"零帕族" 章程

——花一世界，一叶一菩提。我们所生活的环境，也许是一座地狱，也许是一座天堂，这完全取决于我们自己的理解与选择。

在"众奴"盛行的今天，我们每个人都在社会的层层压力下苦苦挣扎。零帕生活的问世，无疑是一阵清风拂面。他们积极进取，他们乐观自由，懂得什么要放下，知道如何去取舍，以大智慧看待生活。零帕，给"众奴"提供了全新的生活方式。

零帕，就是要快乐工作，享受生活，哦耶！

1. 恋爱零帕：没有"TA"不要紧，一定要有好几个"TA"在追自己的自信！

2. 生活零帕：安静下来，把时间留给自己，细细品味简单、惬意。

3. 深造零帕：北京的大学，其实和北大都很近。

4. 理财零帕：没房没车不要紧，这样更能享受财务自由！

5. 精神零帕：朋友奚落不要紧，告诉他们，我什么"奴"都不是！

6. 工作零帕：事业不顺不要紧，三十岁前就是在修"魔鬼训练营"的课时！

恋爱零帕

古往今来，爱情的力量从未被人小觑。到底是什么神秘的力量能让我们痴迷地投向一个人的怀抱，又是什么使我们远离一个人的怀抱？

带着众人祝福的目光，你们迈入了婚姻殿堂。可是，婚后的生活并非如你想象：感情淡了，激情也少了，争吵也变得频繁……面对被一点点吞噬掉的浪漫，是冲出围城，还是耐心坚守？

在情感的建设中，似乎无论多美好的爱情总是少不了抱怨与委屈。无论你是正步入"相亲大军"，还是已冲进围城，情感带来的压力如同麻团一样，剪不断，理还乱……

网络、杂志、报纸上，铺天盖地而来的"婚姻保鲜妙招"、"让婚姻永不变质的方法"……对于你来说，似乎都有用，可效果总不如说的那样"立竿见影"。

其实，你需要的不是那些妙招，也不是什么神奇方法，而是一种心态——零帕的心态。

社会变化了，人的心态也应随之改变。人生没有固定的框架，幸福和快乐也没有特定的标准。如果你是个优质的"剩人"，你可以加入"相

亲"的大军中去碰碰运气；如果坚持单身，你便可以安享一个人的自在，不必被"剩"之类的称呼所困扰。

如果你已步入"围城"，那么除了激情、浪漫，你还有细腻的温情值得品尝与回味，柴米油盐的日子依然可以让你的生活风光无限。

爱情应该是美好的，婚姻也应该是甜蜜的，你大可不必为生活中那些琐碎的不愉快而纠结。换种角度来思考，换种方式来生活，你会发现，只要你有"零帕精神"，无论在"围城"内还是在"围城"外，都可以舒心自在。

生活零帕

虽然每天都早早起床，但早晨柔和的阳光，你从没感受过；早餐总是在上班路上匆匆解决，至于好不好吃，也没留意过；春天到了，公园里的花都开了，但你的思绪仍被未完成的工作搅扰着……"忙碌"的心，使你错过了途中的一切风景。

试想，如果没有电视，没有网络，没有电话，没有游戏，没有困扰你的邮件……你的生活该有多么安静。你完全可以找一个安静的午后，静静地泡杯淡淡的茶，把那本搁置了很久的小说看完。

是时候简化你的生活、调整你的状态了！将诱惑从你的思绪中，一点一点地剔除，过真正简单的生活。

工作，总也忙不完，不如慢下来，细细想想，放弃那些无关紧要的环节，拒绝没有效率的加班，淘汰掉那些循规蹈矩的行为模式……现在开

始，只专注于那些真正重要的，或者凸显你工作效率的环节。

尽量脱离网络。你完全没有必要整天守在电脑前，或随时随地带着手机。如果你刚刚从工作的"苦海"中逃离，那就不要再被网络"绑架"。它虽然能带给我们便利，但也时刻增加着我们的压力。关掉手机，离开网络，安静下来，把时间留给自己。

到大自然的怀抱中去，闻一闻花香，看一看绿草，听一听鸟鸣……一切的烦恼似乎都悄悄地散去了。好不容易到了周末，就不要再想工作上的事情了，约上几个朋友，远离市区，走走郊外的小路，闻一闻泥土的芬芳，做几样你拿手的美食，细细品味生活的惬意。

深造零帕

一句"不能输在起跑线上"，不知苦了多少孩子，累坏了多少家长。而"名校情结"更是让不少学生前赴后继加入了"考研"大军的行列。

名校，不但意味着更好的学习环境，还意味着自己"身价"的提高。也正是"面子"问题，让很多人都陷入了"择校"的怪圈。

"教育就得从娃娃抓起，一步跟不上，步步都跟不上。"

"再难也要考"。

"这是最后一次鲤鱼跳龙门的机会。"

……

随着竞争的压力，我们把择校的起跑线，越划越靠前。竭尽全力追求高标准当然没有错，只是不能把所有赌注都压在"名校"上，更不可把自

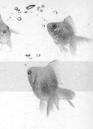

己逼成"苦行僧"。与其在择校的压力中拼命挣扎，不如多花点时间来全面提升自己的素质。

走出深造的压力也并不是一件难事。压力，只喜欢和"认真"的人较劲。你越是不在乎，越是举重若轻，压力就越奈何不了你。"名校"并不是通行证，考上名校，也并不意味着光明的前途就摆在面前，不用再去努力。

无论，你是已经踏入名校，还是继续在名校外徘徊，消除对绞尽脑汁进名校的盲目崇拜，做回真正的自己那才是最必要的。

深造，不只为求得那一份"安心"，而是为了更好的生活。如果因为深造，而把自己置于重压之下，不能喘息，那就失去了深造的意义了。

零帕族，是阳光的，自信的。在诸多压力面前，能用智慧、用更加理性的方式将压力消解。当然，正确地评估自己，考虑自己适不适合在名校中学习，也是做到"零帕深造"的重要一步。

理财零帕

生活不是过家家。每个月都有一大笔固定支出要安排：水费、电费、煤气费、电话费、网费、柴米油盐酱醋茶，再加上房租、应酬请客、周末大餐……生活总是张着血盆大口，只有不断地往里填充，才能得到平衡与稳定。

房子，更是让无数人为之折腰。当你身边的所有人都在讨论房子，都在炒房子，都在囤房子，而你如果没有一套房，你就会觉得自己被边缘化了。尽管，从经济学的角度来权衡，租房远比买房要划算，但买房子，有

时不仅仅是买一个安身立命之所，更是在买一个"面子"，一个被"主流价值观"认同的机会。

房子、车子、票子，是欲望，不是理想。当你瘫软无力，被你的欲望所驱使的时候，你已经沦为"奴隶"。

当然，所有迷失终有一种自我拯救的方式。零帕，不仅给我们提出了一种更为新鲜的乐活方式，而且给我们灌输了一种全新的价值观：没房没车不要紧，我们更能享受财务自由。

生活，说到底就是一场交换，你用自认为宝贵的东西去换更宝贵的。如果你觉得自在、轻松要比一套房子重要，那么就做个十足的"零帕族"。安心地享受你的时间，周末，你可以睡到自然醒，不会被头脑中那一连串的数字所打扰；你也可以安心地规划你的职业，细想你未来10年的发展。

精神零帕

生活的压力无处不在，有的人焦躁疲惫，而有的人逍遥自在，似乎与压力绝缘。

大脑是感受压力最直接的地方，想想你的大脑里装的都是什么：

"我们干一样的活，凭什么他就比我拿得多。"

"看着人家有房有车，而我什么也没有。"

……

"天塌下来有高个子顶着，我操那么多心干什么！"

"压力算什么，挡不住我快乐的路！"

"吃喝玩乐，零帕族每周必修课！"

……

我们始终都在努力，但是却从未满足过。我们拼命工作，为的是能够享受轻松自在的生活。可是到最后才发现，我们从未做过生活的主人，总是被自己的虚荣心所驱使。你的欲望越大，你的压力也会随之增大，生活的幸福指数却会随之降低。

生活中本没有那么多的压力，有些时候是我们主动把压力放在自己肩上。没有房子，我们可以租；没有车子，我们乘公交。不做房奴、车奴、卡奴、工作奴……

幸福不在于索取得多，而在于计较得少。少一点欲望，多一点从容。用零帕的大无畏精神，挣脱心灵的枷锁，向一切压力说"bye-bye"。

工作零帕

生活在繁华的大都市，每日都为生计而奔波着。年龄越来越大，压力也越来越大。为了房子，为了车子，为了票子，一直紧绷着的神经，就像已经被拉紧的弓一样。

回过头来想一想，到底值不值得呢？成功的人到底有多少呢？事业并没有自己想象得那样一帆风顺，身体却频频亮起红灯。整日窝在办公室，从不活动、从不健身，体形早就走了样。为了赶工作，熬夜、加班，简直就是家常便饭。照照镜子，哪还像二三十岁的人啊？此时的结果，与最初

的期望早已本末倒置……

为什么要活得这么狼狈呢？与其天天看着时钟提心吊胆地做"上班奴"，不如索性放开一切，活出真正的自己。每天清晨，一切都从零开始，不为明天的事情而忧虑，因为明天的忧虑自有明天的解决办法；不为小小的失误而烦躁不安，因为没有人可以做到完美，用尽全力享受过程才是零帕的最真道理。

释放压力，快快乐乐地去工作，轻轻松松地享受生活。除了零帕，什么都不怕！

"零帕族"宣言

诗人海子有这样一句诗："从明天起，做个幸福的人，喂马、劈柴、周游世界。"

生活在都市的高压下，我们要幸福、要快乐，就必须从现在做起。在摇滚年代，用心营造一份宁静，在世事沉浮中练就一种豁达心境。面对工作中的大起大落，我们一笑置之；面对生活中的酸甜苦辣，我们一饮而尽。

从现在起，我们要"零帕"。感谢生命中的每一份际遇，原谅那些不期而遇的难题，珍视身边的每一个人，在季节的流转中静静感悟美丽。定位好自己的角色，即使是"小蚂蚁"，你依然可以活得畅快淋漓。

从现在起，我们要"零帕"。不再因为时间仓促而忽视每一个春天的

到来，也不因事务繁琐而错过与家人相聚。心情是自己给予的，在学会跟别人说没关系的同时，也要学会跟自己说没关系。

从现在起，我们要"零帕"，我们要高声念出我们的宣言，我们的族语：

1.要加薪，不要加班！

2.我的生活我做主！

3.没有房子，一样有生活！

4.不追随流行，就永不会OUT。

5.压力算什么，挡不住我快乐的路！

6.声色犬马的是我的心，淡若天涯的是我的人。

7.即使当不了主角，也要做个有型格的咖喱啡。

8.生活要新鲜，快乐要保鲜！

9.谁不让我零帕，我让他一户口本都怕怕！

10.除了零帕，我什么都不怕！

在职场，少不了要受点委屈、遭点挫折。因为小小的失误被领导训话，朋友间有了误会、有了摩擦，一不留神中了竞争对手的暗招……这些小烦恼常常搅扰得你不得安宁。如何才能不被压力所扰，如何才能让冷静平和的气场常伴你左右？

此时，你需要给自己创造一个难得的"零帕时间"——只属于你自己的时间。帮大脑清空，就像按了电脑的"Reset"（重启键）一样，静静等待重新梳理程序，等待系统升级。

加班那点事儿

近来，网上流传着这样一个帖子：

小时候，把"English"读成"应给利息"的同学当上了银行行长；

读成"阴沟里洗"的同学成了菜贩；

读成"因果联系"的同学成了哲学家；

读成"硬改历史"的同学成了政治家；

读成"英国里去"的同学成了海外华侨。

如果你现在是个公司职员，而且是频繁加班的职员，那你小时候读的一定是"应该累死"！

对于加班那点事儿，每个人都有自己的看法。有人认为，加班就意味着你的工作效率太低，或者任务分配不当；也有人认为，不加班的员工，不是好员工，或者不爱加班的人，就做不成大事。当然，加班也分主动型和被动型。主动型的员工常常难拒高额的加班费；而被动型的，可能被老板遥控指挥，或是受企业环境的影响。

职场中，大家似乎都在讨论着因加班而"过劳"的话题，这其中的确有企业管理苛刻的因素，但是不可否认，很多人出现"过劳"状况其实是自身造成的。

小郭便是加班中的"主动派"。在她看来，五一小长假，如果出去玩，人多，交通拥挤；在家里，又觉得无聊。还不如申请加班，赚点加班费。

除了小郭，另一部分人则是考虑到竞争压力大，工作堆积如山，如果不趁着假期早点解决，拖到假期过后又是一大麻烦。谁都想洒脱地休个假，但是一想到上班第一天就被老板骂，还不如在假期里把工作做好。

自从上次体检过身体后，小郭再也不会抢着加班了。她自己都没想到自己会累到胃出血，还不到30岁，自己的身体居然糟糕到如此地步。回想一下，自己也确实不够关心自己的健康。5个月来，她没有休过一天，有时忙得连约会的时间都没有。

可是，到头来自己图的是什么呢？更多的奖金？更高的职位？她原本以为"过劳死"离自己很远。检查过身体才知道，其实"过劳病"大部分人都有，只是有的重、有的轻。很多人也像她一样，没有过多地在意身体一次次发出的危险信号。

可能，也正是那些有过"过劳病"经历的人，才会真正看重休假。因为他们对于"过劳"的恶果有着极深刻的体会。

身在职场中，我们大多忽略了自己的健康、生命中最宝贵的青春或是自由自在的生活方式……这些东西似乎都没有更高的薪水、更高的职位实在、有用。其实，你觉得不那么重要的东西，恰恰全是用高薪换不来的。

要加薪，不要加班。学会运用更加巧妙的时间管理法则给每个要做的事情"排个队"，对于那些可做可不做的事情，要巧妙地说"不"。

给自己制订的规划要"张弛有度"。日程排得太紧、太满，容易疲惫，也不易坚持下来；排得少，工作量也会随之变少。

其实，"加薪"和"加班"并没有必然的联系，只是我们一厢情愿地认为，只要我们加班，只要我们熬的时间长，老板就会欣赏。事实上，那些常常在加班队伍里的人，却总是徘徊在加薪的队伍之外。

既然如此，我们何不畅快地享受职场、享受生活。只求加薪，不要加班！

适时给情绪排毒

都市人越来越注重自己的健康，而且也喜欢实践一些保健方法——足疗、泡温泉、刮痧……甚至定期空腹或只吃水果可以排毒，在一定范围内也十分流行。

大家在关注体内毒素的同时，却忽略了情绪里面的毒素。人吃五谷杂粮，那些不能及时排出体外，而且会产生不良作用的物质皆可称之为"毒"。那么，我们每天都要和不同的人接触，经历不同的事情，或喜、或怒、或伤、或悲……谁能保证那些消极的毒素因子，不会停留在我们的心里、我们的情绪中？

追求健康，不止要关注身体，更要关注自己的内心。那么，在给身体排毒的同时，我们是否也应该给情绪排毒呢？

早上9点钟，正当晴晴整理文件准备开会的时候，一个电话打了过来。

"你们怎么回事？有没有考虑过客户的感受？工作效率慢得跟蜗牛似的……"

不等晴晴开口，电话那端已经劈头盖脸一顿怒吼。

"先生，您先冷静一下，听我给您解释。"

"冷静什么？我没法冷静！"

跟一个不讲理的客户沟通，简直是对牛弹琴。放下电话，晴晴一肚子委屈。但是，不能生气，不能生气，先把这事放下。然后，她匆忙整理好文件，就往会议室的方向走去，还有5分钟会议就要开始了。

就在路上，领导见到她，急冲冲问道："晴晴，你怎么回事？客户怎么又来我这儿告你的状。"

如此的场景，职场中的你一定也遇到过。刚入职的时候，晴晴没少被误解，有时急得直哭鼻子。后来，她也想通了，而且还设计了一套"情绪排毒法"。

一有不开心的事情发生，晴晴就会在心里反复默念：不生气、不生气，先把自己的情绪稳定住。然后，轻轻闭上眼睛，试着在脑海中制造出各种自己认为美丽安详的场景。

如此神游，确实有不少的功效，它可以在短时间内，强行把那些负面情绪从脑海里"驱逐"出去。

压力，像一个跟屁虫一样，总是出现在我们的工作、生活中。适度的压力可以激发出我们的潜质潜能，但是过度的压力就会变成体内的"致命毒素"。如果这些毒素不能及时排出体外，就会毫不留情地蚕食我们的健康、我们的好心情。

试着享受你的工作，并从中获得成就感。如果目前的工作压力让你觉得喘不过气来，那么就试着将自己放假三天，从你所在的"世界"中逃离三天，就像空腹排毒一样。

另外，要学会释放情绪，千要不要把忧伤、愤怒、害怕憋在心里。否则，这些负面的情绪会随之发酵，越变越大，越变越糟。日子久了，这些

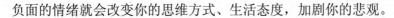

负面的情绪就会改变你的思维方式、生活态度，加剧你的悲观。

被上司批评了，和同事产生误会了，不要紧，先稳定住自己的情绪，再犒劳犒劳自己的肚子。下班后，到附近的商场小逛一圈，然后再直奔你最喜爱的火锅店，点一盘肥牛、一份生菜、一份杂面。看着眼前的小锅咕噜咕噜冒着泡，你肚子里的馋虫就开始闹腾了，而那些不开心，也会消失一大半。

如果美食都无法化解你的压力，无法驱除你情绪中的"毒素"，那么就给自己制订一个短期旅游计划吧。从那个让你心烦的世界中逃离出来，爬山远眺，开阔视野，呼吸新鲜空气，增加精神活力……

心怀零帕精神，就什么都不怕。兵来将挡，水来土掩。压力算什么，挡不住我们快乐的路。

05

"零帕族"申请表

无论你是在校学生，还是已经步入职场；无论你是职场精英，还是不起眼的"草根"。只要你有压力，只要你想摆脱掉那些可恶的压力，你就可以试着加入"零帕族"。

零帕，给我们描绘了一种幸福的蓝本。幸福感，在今天已经成为了一个热门词汇，我们拼命地追逐、奋力地寻找，却往往在复杂中忽视，在纷繁中错过。而零帕精神告诉我们，幸福感并不玄幻，也不遥远，甚至可以随时随地与你相伴。

简约而质朴的生活方式，宁静而淡泊的平和心态，身心健康，充满活力，关爱他人，同时也被他人关爱……这一切的一切都蕴藏着幸福。这样的幸福，简单而纯粹，不需要你用健康极力地从工作中支取，也不需要用房子、车子、票子去构筑，它是一种境界，只需要你转念一想。

如何加入"零帕族"，如何成为"零帕达人"？

1. 不攀比、不苛求、不加班，"零听"无谓要求

2. 宣泄，为压力找出口

3. "注意力"，就是一个驿站

4. 睡眠更需"零听"

不攀比、不苛求、不加班，"零听"无谓要求

　　繁华尘世，何处是我们的坐标？新颖新潮，什么才是我们真正的所需？看似十分简单的问题却耗尽一生探寻。在比较中、追寻中找到自己需要的；当然，也时时感到那一丝挥之不去的无力感、一声疲惫的叹息、一颗隐隐作痛的心。

　　"乱花渐欲迷人眼"，城市的拥挤热闹也令我们内心的私欲在分分秒秒中膨胀。每天醒来便开始贪婪地攫取，早已忘记了自己的"胃口"会被撑大。浮华名利，让我们曾单纯的心灵疲于奔命；灯红酒绿，让无数清澈的眼睛变得黯淡无比。虽然自己并不是蓬头垢面，但还是会羡慕别人的西装革履；虽然并不是无片瓦立身之地，但还是会眼红别人的豪宅名车。

　　我们在一次次的攀比中迷失了自己，在不断的苛求中自卑或是自喜。一路走来，压力似乎总是如影随形，不免让人感到不寒而栗。

　　攀比苛求都不是罪过，但过多的贪欲必然会让烦恼丛生。总是跟在别人的后面亦步亦趋，总是在眼花缭乱的欲望前患得患失……这样的人生轨

迹，哪里活出的是自己的价值与意义？

可以追求，绝不苛求；可以向往，绝不奢望。剔除身上所有的浮躁，善待自己，关爱他人。

宣泄，为压力找出口

据有关调查，现代职场人每天面对的压力是20年前人们面对压力的5倍，而且大约90%以上的职场人会为了工作而打破正常的生活规律。

工作量大、担心被裁员、人事关系复杂、工时过长……这些问题无不困扰着我们。难怪职场人自嘲，"职场就像一个巨大的高压锅"、"职场中的我们个个都是千斤顶"……在过大的压力下，紧张感就会持续过久，焦虑、烦躁、抑郁、不安等心理障碍就会出现。

压力常伴职场人左右，如何宣泄？如何给过大的压力找到释放的途径呢？

一位年薪50万的高级白领，在下班后抢了一辆几万元的二手车。被捕后，面对警察的质问，他的答案确实雷倒一批人："我也不知道为什么，就是觉得很烦躁。"

当然，这是一个极端的例子。在生活中，人们常用的解压方式就是酗酒、拿家人撒气、飙车等。这些发泄方式有时可能会让你暂时忘掉烦恼，但并没有将烦恼清除出体外。有时，不但不能缓解压力，还会增加其他的一些麻烦，使得心理负担再次加剧。

在繁重的压力下，我们不但要宣泄，还要寻找正确的途径。一些极端的宣泄方式，不但解决不了问题，而且会增加其他麻烦，影响身心健康，进一步增大压力。

学会安慰自己，用心理暗示的方式调节自己的情绪。如果压力实在太大，那就发泄出来吧，想哭就哭，想笑就笑，千万不能压抑、默默忍受。当你试过所有的办法，不良的情绪仍不能消除，而且严重影响了你的正常生活时，就要寻求专业人士的帮助。

"注意力"，就是一个驿站

曾有一名记者问大作家萧伯纳："请问乐观主义者与悲观主义者的区别在何处？"萧伯纳回答："这很简单，假定桌上有一瓶只剩下一半的酒，看见这瓶酒的人如果说，太好了，还有一半，这就是乐观主义者；如果有人对着这瓶酒叹息，糟糕，只剩下一半，那就是悲观主义者。"

其实，乐观主义者与悲观主义者的最大差别就在于注意力的不同。乐观主义者常常把注意力放在事物好的一方面，而悲观主义者则往往看到事物不好的地方。同样的半瓶酒，乐观主义者在乎还剩下的那半瓶酒，而悲观主义者则在意已经喝掉的那半瓶。

在我们的生活中，也不乏有这样的例子。

自由自在
零怕族

  "五一"小长假，小海和玲玲都准备好行囊出去旅游。可是刚到目的地，就接到老板的电话，火速要他们赶回来。本来打算好好休息一下，可是老板一个接一个的电话搅得他们非常不安，而且老板已经交待了非常重要的工作，无论在哪里一定要赶回来，口气不容拒绝。

  面对这样的遥控指挥，谁心里都不乐意。玲玲回来后，便在私下里不停地抱怨："与其如此，还不如干脆加班得了，好歹还能算加班费。"

  而小海则安慰自己："看来，我真是个不可或缺的人才啊。"

  如果你也笼罩在职场的高压之下，不妨就转移一下注意力，多关注一下事物美好的一面，这样可以有效地缓解心理上的压力。在转移注意力的时候，一定要遵循以下"三"原则。

"三不要"原则：

1. 不要过多地读伤感、颓废的作品，如伤感小说、悲观美学等。

2. 不要过多地回想那些让人烦躁、恼怒的"创伤史"。

3. 不要沉迷胡思乱想，动不动就给他人"上纲上线"。

"三要"原则：

1. 要多关心一下周围有形、有声、有色的事物，不断提升我们对事物的敏感程度。

2. 要多关心一下自己的兴趣爱好，收集相关生活小窍门和方法，自己亲手体验。

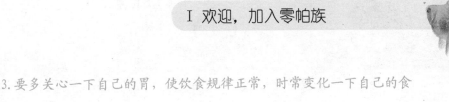

3.要多关心一下自己的胃，使饮食规律正常，时常变化一下自己的食
谱，多学厨艺。

测试：你的睡商指数

1.睡眠时间总是不规律，不能按时上床睡觉。

2.躺在床上，脑子里浮现的全是白天见过的人和发生的事，难以入睡。

3.入睡后稍有动静便会醒过来。

4.整夜做梦，起床后仍然觉得很累。

5.稍有不顺心的事就会彻夜难眠。

测试结果：

如果你对上述问题有3个或3个以上的答案是"是"，说明你目前的睡眠质量较差。你需要重视自己的睡眠状况，并想办法尽快调整。

睡眠更需"零听"

首先，要保证充足且有规律的睡眠。如果每天保证不了8小时的睡眠，第二天就会感到疲劳。好不容易熬到周末就会"过度补觉"。这样，虽可以暂时减轻自己的疲倦，但是新陈代谢也会因此而变得紊乱。

接着，讲究晚餐质量。晚餐多以清淡为主，不要摄入过多的盐分、油脂等。如果需要加班，可在办公室里准备一些小零食，如非常适合办公室一族的大枣，不但能够补气活血，还能够提供一些能量。

最后，面部要清爽。化妆、卸妆是大多数职场女性每天的必修课。由于化妆品对肌肤会产生不同程度的伤害，因此绝对不能"带妆"入眠。

要告别压力的无情"迫害"，就一定要提高自己的睡眠质量。高质量的睡眠才能保证职场人第二天神清气爽地投入工作。

工作与生活的重重压力，职场人如何才能做到无忧无虑？来，加入"零帕族"吧！"零帕族"不是没有压力，而是擅长自我排解压力，带着铁镣跳舞。面对困难，"零帕族"越是积极乐观，越能尽快解决问题。

听多了"月光族"的消费无度，也听多了"假富族"的未富先奢，再听到"零帕族"的简约从容，你便会有种清风拂面的感觉。如果你也想过那种不怨天尤人、知足常乐的生活，就不妨加入"零帕族"，让零帕精神带着你轻松享受那份安宁，那种淡然的幸福。

II

快乐工作，
　享受工作。哦耶！

工 作 篇

01

要加薪，不要加班

你属于哪种加班狂人？

1. 积极主动型

即使同事们都下班了，你仍会坚持把工作做完才离开。你有着很强的恒心与毅力，当然这与你的职业生涯发展规划是分不开的。你很清楚地知道，自己想要什么，在哪一步应该怎么走，在不同的年龄段应该完成怎样的职业目标……你的执行力和目标性让你的工作效率很高，你向上的路径是那么得清晰。

你不需要别人强迫，而是自己积极主动地加班，你的职业目标是不甘于只做一名平凡的职员，而是希望通过自己的努力，职位得到晋升，职业

41

发展有所成就。你尽心地工作、专注地投入，在奋斗阶段不在意、不计较暂时的个人得失。

很显然，你是个十足的工作狂。

2. 能者多劳型

"这个方案没你不行"、"这个项目交给别人我不放心"、"你想得最周到，这个项目你盯着点"……

因为能力超群，你常常充当着职场"救火员"的角色。遇到任务紧急的情况，老板第一个想到的就是你。于是，不管你愿不愿意，你都成了公司里最忙的人。

一开始，只要老板有求，你必定会冲上前去。即使自己累点却能换来老板的器重。可是，日子久了，你俨然成了"老黄牛"，什么事情都少不了你，而薪水比别人多拿不了多少，留给自己的时间却少得可怜。

3. 效率低下型

早上走进办公室时，你揉着迷迷糊糊的双眼。为了强打起精神，你开始稍微侍弄一下自己的盆栽，时间已溜走了快半个小时。

你赶紧坐在电脑前，打开网页你总是忍不住看两眼八卦新闻。等回过神儿来，时间又过去了将尽20分钟。

刚工作没一会儿，你的QQ又闪了起来，有好友找你聊天了。尽管你已经告诉他们，你现在正在工作，但还是多聊了两句。

就这样，一个早上的时间，在你的心不在焉中度过了。直到下午三点，你才猛然惊醒，要是再不抓紧时间，今天又要加班了。于是，你拼命

地赶，可是已经临近下班了，你的工作还有一部分没处理好。看来，今天又逃脱不了加班的厄运了……

4. 迫于无奈型

眼见都到了周五下午了，办公室主任又递过来一叠文件："把这些处理一下，下周开会要用。"

心里又急又气，这不明摆着让你加班嘛。可是，有什么办法呢？这是你的工作，你的责任，你必须完成。

有时，让人头疼的是：一些临时且急迫的工作"从天而降"，时间紧任务重，为了让客户满意，为了保证工作按时按点高质量完成，你不得不牺牲个人的节假日，努力向前奔跑，尽全力完成！

5. 做秀表演型

办公室里的人都走得差不多了，而你的工作也早已经完成了，可你还在电脑前面坐着不动。已经成家的那些同事，有的急冲冲赶回去接孩子，有的直奔菜市场买菜，还有的邀上几个好友泡吧、喝酒。由于你没有成家，也没有那些社交活动，还不如待在办公桌前。

或许是对自己不自信，或许是过于担心自己会给上司留下不好的印象。只要领导不走，同事没动，即使你的工作完成了，也对今天的工作有了总结，计划了明天的工作；即使下班铃声响过很久了，你还是稳稳坐在电脑前，无聊地翻阅着网页。

好像只要还在办公桌前坐着，就可以通过这个行为向上司证明自己的"鞠躬尽瘁"。

加班的人，你伤不起

"一天工作8小时，那是新闻联播！"

"天天加班啊，有木有！"

"朝九晚五成了朝九晚无，有木有！"

"天天加班却从不涨工资！有木有天理！有木有！"

……

当一天的工作结束，你揉揉酸涩的眼睛，然后收拾东西，冲向写字楼的楼梯口，夜幕已经降临，你拖着疲惫不堪的身躯开始往家走。因为要加班，你牺牲了和朋友、家人相聚的时光；因为要加班，你总是订一份无味的盒饭充饥；因为要加班，你已经不关注偶像剧、八卦新闻；因为加班，你的身体开始偶尔不听使唤……

菲儿从广告公司走出来的时候，她好像重获新生一样开心。

因为无休止的加班，一年内她的眼睛近视度数加深了200多度，4个月没有一天休假，更别说和男朋友约会了。她果断辞了职，当天便和男朋友一起去了最喜欢的茶餐厅，美美地饱餐了一顿。

想起那段时光，她常常用"暗无天日"来形容。俗话说，不加班的广告公司，不叫广告公司。要是从事地产广告，加班更甚。通宵达旦工作，为了一个画面，一群人可以反复讨论修改一个星期，让那些拿着放大镜才看得见的"细节"精益求精。

做得好时，一句表扬也没有，被认为是理所当然的事情；而做得稍有

差错，就要用几倍的精力补救。

对于客户提出的要求，你必须在另一时间拿出一个方案，你调动全身，唤醒灵感，不为别的，只为让客户满意。

有效率有结果的加班是一件有成就感的工作。但是由于每天8小时工作时间无效导致拉长自己的工作时间，这样的加班，就会让人感到无尽的悲凉，悲伤也瞬间逆流成河。

快节奏的都市生活，让职场中的每个人都像上了发条的闹钟一样，一刻不停地向前赶。为了完成工作、创造业绩、为了升职、为了加薪、为了设想的美好未来……加班成了家常便饭。

我们总是羡慕领着上万元人民币的高级白领，但我们却没有关注他们高薪背后是身体的严重透支和业余时间的丧失。付出的这些精力、时间、健康，是多少金钱也买不回来的。

是时候调整自己的工作状态了，我们的目标是追求在你的工作时间内高效完成工作，创造业绩，获得加薪，而非加班。我们所追求的是幸福、轻松的生活，而非浪费不必要的时间，牺牲现在的光阴换来对美好未来的想象。

带着零帕精神上路。从现在开始，工作零帕，生活零帕，享受轻松、愉悦的生活，何必要等到明天！

打造高效时间管理

时间管理是个老生常谈的话题，你可能也尝试过许多种时间管理的方

法，或是花了大量的时间和金钱去参加培训班，或是购买了许多关于时间管理的书籍。但是，你发现自己仍处于忙碌不堪的状态，总是说"时间不够用"、"时间过得太快"。

真的是企业管理不当，或是上司故意交给你太多的工作让你做，为难你吗？对于一家成熟的企业来说，它不可能要求自己的员工没日没夜地工作、无休无止地加班，这是不利于企业良性发展的。而在一般情况下，上司也不会故意刁难某个下属。

那么，现在就审视一下自己的时间管理方法，努力提高自己的工作效率，尽量远离加班。

1. 撕掉日历中的"今天"

来到办公室后，打开电脑，然后撕掉日历中今天的这一页，你可以把今天所有的计划都列在上面。

制订计划的原则是：少了比多了好。

首先，列出你喜欢做又必须做的工作。

其次，列出你必须做的工作。

最后，列出你不喜欢做，但又不得不做的工作。

这三者之间的平衡艺术，恐怕只有自己拿捏了。如果你对近段生活十分不满意，那么不妨把你的注意力停留在那些你喜欢做又必须做的工作上。这样，可以逐渐消除你对工作的烦感，减去困扰你的压力。

2. 尽量固定工作流程

尽管变化会给人带来惊喜，但有时也会带来困扰。

你可以将约见客户、头脑风暴、处理文件、策划方案等时间段清晰地划分清楚，而且每天都在固定的时间段内进行。

据科学研究，大脑有自己的生物钟。如果你常常把头脑风暴安排在下午两点半到三点，并形成习惯，那么每天这个时候，你的灵感就会不请自来。

科学、有序的时间安排会让你的精力更加集中。当同事与领导知道你喜欢在某个时间段做方案且效率很高时，他们也不会来打断你的工作。无形中你已节约了一大部分时间。

3. 摆脱耗时的娱乐项目

虽然在格子间里不会明目张胆地摆"龙门阵"，但通过邮件、MSN、QQ私下交谈已成为一种惯例。看到好玩的邮件，先别急着转发，不然你不但要浪费掉看邮件的这段时间，你还会期待着同事们的反馈。在这之余，说不定你会从你的同事朋友那里收到更多的搞笑邮件，对于这种不需要花钱的礼尚往来，谁也不会吝啬，但是工作时间却在这期间悄悄流走了，之前你的工作思路也会被打断，很难一时再投入到良好的工作状态当中。

你需要慢慢养成在固定的时间段内集中精力做好要做的事情，逐渐摆脱在工作时间做与工作无关的事情，剔除耗时的娱乐项目。比如，上网查查比赛结果、顺便知道点球员的八卦、看看淘宝上的那家店铺、盯着某位影视明星的照片发会呆……摆脱这些，你会发现工作效率可以一下子提升那么高。

4. 劳逸结合，适时"离开"

"过劳死"并不是道听途说的，而那些得了"过劳病"的职场人士，在身体拉响警报，不得已停下来选择就医之前，从来没想过自己能得这种

病。因此，防患于未然，为了自己的健康，要适时地休息一下。

休息是为了走更远的路，必要的休息会让你的效率更高。处于惯性思维而要停下来选择休息，很多人会觉得这是不可能的，怎么能够分散已经集中的精力呢？但是连续工作保持精力高度集中的时间不会超过1个小时。突破了这个时间段，你虽在工作，但效率低下。不如站起来，到茶水间沏一杯咖啡，或是闭上眼睛，让头脑沉静片刻，再投入新一轮的战斗。

零怕加薪，并不难

想要加薪，何必整日埋头"傻"干，不情愿地疯狂加班？与其通过这种方式静等老板发现，不如变"迂回"为"直接"。在提高自己专业能力的同时，打造职场软实力，然后待时机成熟时用业绩证明你的实力，你加薪的成功机率会大大提升。

茶水间的秘密

宽敞通透的空间，精致的沙发、藤椅，小巧的咖啡机、饮水机、微波炉，还有一些小食品……这就是公司的茶水间，也是职场人士最喜欢的地方之一。

在这里，有人说着笑着聊八卦；有人对好姐妹吐苦水；有人神情放松，在这里待着就不想出去；有人匆忙吸一口烟，便急冲冲走开，生怕错过了客户的重要电话……

如果你是一位很好的倾听者，在这里还会捕获到一些"小道消息"，

或多或少会对你的工作有所帮助。

宋樱是个刚毕业的大学生，长得漂亮，人也十分机灵。在公司，颇受大家的喜爱。平日里，工作累了她喜欢到茶水间小歇片刻，放松一下。一日，在闲聊之际，听说公司副总——来自俄罗斯的美女经理，超喜欢收集有关毛主席的一些纪念品，如头像徽章、背包、T恤、以及那个年代的陶瓷水杯……

正巧宋樱来自毛主席的故乡——湖南。在一次休假后，她便从家里带了一些小礼物分给领导和同事。副总收到后大为惊喜，用蹩脚的中国话说："宋小姐，太感谢你了，我非常喜欢你的礼物。"

宋樱给副总的印象十分深刻，有了副总这个职场贵人的帮助指导，宋樱的工作少走了很多弯路，成长很快。私下时，宋樱和副总也成为关系不错的朋友，除了给她带些小礼物，还常给她讲关于家乡的故事，关于毛主席的故事。

在公司，除了努力做好本职的工作之外，你还需跟同事建立良好的人际沟通关系，茶水间便是不错的沟通场所。一句小小的问候，或是一小段明星八卦，就能瞬间拉近你们的距离。如果你幽默风趣，那么茶水间就是另一个展现自我的舞台。在轻松之余赢得了好人缘，不知不觉中增加了你的职场软实力。

合理提出加薪要求

在职场打拼多年后，薪酬水平也成为证明职场人士身价的一个考量标

志，加薪是所有职场人士最实在的想法。但是，如何才能加薪呢？

跳槽？可能大部分人都会想到，可不能常用，频繁跳槽根本不利于职业生涯的发展。

努力工作，创造工作业绩，你的一举一动，老板都看在眼里，记在心中，要知道，先做出成绩，再找个合适的场合，合理的机会，当你自信地站在老板面前，你的加薪要求会被老板正视。

明达是个爽快的东北人，毕业后与大部分同学留在上海发展。

经过三年的打拼，他已成为一家软件公司的技术骨干。不管是人际关系还是技术水平，在公司中也是屈指可数的，可明达的工资却跟两年前没有明显的提升。

一次，明达随老板一起出公差。项目谈成后，他们两个人就到附近的餐厅庆祝一下。酒过三巡，明达有些醉了："唉，上个月，就是上个月，我女朋友看中一条裙子，她非常喜欢，可我就是囊中羞涩，她试了半天还是硬生生地放了回去。我当时都觉得自己不是个爷们儿，我连自己女朋友想要的裙子都买不起……"那晚，他嘟嘟哝哝地说了好久。

老板也是人，也有恻隐之心。看到员工如此卖力地工作，生活却不如意时，他怎么会袖手旁观。回到公司不久，明达的工资便涨了。至于那晚他在酒后说的话，是有意，还是无意，就不得而知了。

谈薪酬是个技术活。在开口之前，首先要了解公司的经营状况，如果公司一直在盈利，加薪才有可能。还要找个合适的时机，最好在老板比较轻松的时候，在他忙的时候，比如赶着去开重要会议时，最好不要谈这件事。当然，你不能开门见山地向他要，语言要委婉，让他明白你的意思即可。他答应了，那最好；如果不答应，你还有回旋的余地。加薪多少合适呢？你要诚实地为自己估价，不要漫天要价。根据自己的工作业绩和对公司产生的实际利润，结合自己对行业和所在位置的工资水平进行合理评估。

零帕，赶走职场"亚健康"

今天，我们为了业绩、为了薪水、为了名誉、为了地位而征战。那20年后呢？陪你度过余下时光的，你希望是什么呢？事业、金钱、地位，还是健康的身体、美好的回忆……

在你大呼"我要工作，我要事业"的时候，"过劳"正在悄悄地向你走近。

疲惫、眼睛酸涩、眩晕、失眠、心烦、焦虑……当你经常出现以上情况时，你可能已经"过劳"了。

测试：你有过劳症状吗？

1. 开始脱发，每天早上梳头都会有大把大把的头发掉落。

2. 没有时间锻炼，小腹开始隆起，男性的"将军肚"过早出现。

3. 记忆力开始减退，常常话到嘴边，却忘记要说什么。

4. 心算能力越来越差，不得不依靠计算器。

5. 情绪不稳定，时常出现后悔、焦虑、悲观、烦躁等消极情绪。

6. 一点儿小事都可以把自己的生活搅个"底儿朝天"。

7. 身体开始出现各种不适，但却查不出原因。

8. 睡眠质量降低，迟迟无法进入睡眠状态，或是做各种稀奇古怪的梦，醒来感觉很累。

9. 总想逃离人群，一个人安静一下，可是又害怕孤独。

10. 觉得无人能够理解自己。

测试结果：

上述情况中如果有5条以上出现了，那么你就应该注意了。你正在加入都市"过劳"的大军行列。你的健康已经向你发出了警告，是时候调理身体了。

"亚健康"并不可怕，可怕的是自己不把它当回事。一拖再拖的后果，会让你的身体状况越来越差，近而影响你正常的工作与生活，你不得不耗费更多的精力维持工作与生活运转，循环往复只会让你陷入不堪的怪圈之中。

工作，本是展现自己才华的平台，过上幸福生活的助推器。如果为了工作，而放弃了自己的生活，那不是本末倒置吗？

从现在开始，带着零帕精神闯荡职场。"零听"无谓要求，向加班勇敢说"不"，不攀比，不苛求。活在未来，不如活在当下：勤奋工作，但也要对自己的健康负责。

1. 关心粮食和蔬菜

你是不是已经很久都没到菜市场买过菜了？家里虽购置了高档厨具，但却很少有时间使用？忙疯的时候，一份食之无味的盒饭，草草下肚，起

个暂时充饥的作用。

现在开始，把回家吃饭当成乐趣。每个早晨，早起一会儿为自己准备一顿营养丰盛的早餐，不但可以让你远离"亚健康"的困扰，还可以给你一天的工作打下良好的基础。

2. 关掉电脑，关心亲友

不工作时尽量关掉电脑。网络虽然拉近了人与人之间的距离，但也缩短了我们与亲朋好友面对面交流的时间。关掉电脑后，你也不会把大把学习与户外活动的时间浪费在关注八卦新闻上面。

工作固然重要，但也需要抽出陪伴家人的时间。在与家人的互动之中，你更能体会生活的乐趣与意义。

3. 关注身体警告

每天都顶着巨大的压力早出晚归，不但让人感到疲惫，还会出现焦虑、失眠、心烦等消极情绪。如果你的身体已经向你发出了这些警告，说明你需要"减速"了。

重新调整自己的生活状态，告别那些挑灯夜战的生活习惯，给自己留足睡眠时间。精力不足，还要硬挺强撑做高强度的工作，效率低下不说，还易产生烦躁易怒的坏情绪。

此外，每年为自己安排一次全面的体检，及时了解身体状况，并做好预防工作。

背着沙漏去工作

有时你可能觉得自己快要被工作逼疯了：桌子上摆满了要看的文件，你的右手握着听筒，左手不时翻看资料，还不时倒一下手，左手拿听筒，右手拿笔记录信息。此外，还要应对形形色色的人，说各种各样的话……

老板也许会说你这不行，那不行，同事也埋怨你怎么这么慢。

时间不够！精力不够！你此时已经分身乏术了。

从早到晚，似乎所有的压力，恐怕都与时间脱不了干系。如何还能快速结束工作，慢慢享受生活呢？

摸透潜藏在你内心深处的时间表

测试：你是"晨型人"还是"夜猫子"

1. 对你来说早上5点钟起床很难吗？

   A. 简直易如反掌——跳至第3题　　　B. 有点困难——跳至第2题

   C. 简直不可能——跳至第2题

2. 如果早上起床还是很困，你会怎么办？

   A. 继续睡到不困为止——跳至第4题

   B. 强打精神起来做事情——跳至第4题

   C. 喝杯咖啡提提神——跳至第4题

3. 每天都吃早餐吗？

   A. 每天都吃——跳至第5题　　　B. 只有在早起时才吃——跳至第5题

   C. 从来不吃——跳至第4题

4. 你不吃早餐的原因是什么？

   A. 早上没有胃口——跳至第5题　　　B. 做早餐太麻烦了——跳至第5题

   C. 睡过头，起晚了，来不及吃——跳至第5题

5. 通常你在一天中什么时间上网娱乐？

   A. 中午闲暇时——跳至第6题　　B. 任何时间，想玩就玩——跳至第6题

   C. 晚餐过后——跳至第7题

6. 如果早上5点钟起床你会干什么呢？

   A. 锻炼身体——跳至第7题　　　B. 听听音乐——跳至第7题

C.准备早餐——跳至第7题

7.一周之内你有几天晚上是零点以后入睡的？

A.一天或两天——跳至第8题　　B.天天零点以后——跳至第8题

C.天天零点以前——跳至第9题

8.除了晚餐之外，你还会吃宵夜吗？

A.是的，不吃宵夜会睡不着——跳至第9题

B.有时会吃宵夜充饥——跳至第9题

C.睡得早，向来不吃——跳至第10题

9.你每天的生活状态如何呢？

A.很宅，很平静——答案C　　B.充实而高效——跳至第10题

C.因忙碌而疲惫——跳至第10题

10.每到流感季节，你总会感冒吗？

A.抵抗力强，一般都不感冒——答案A

B.是的，感冒是家常便饭——答案B

测试结果：

　　答案A：很显然，你是个"晨型人"。在健康的饮食习惯与精彩的夜生活中，你会毫不犹豫地选择"健康规律"。也正因如此，你每天都能精力充沛地投入到工作当中，在忙碌的职场生活中，保持着快乐。同时，你也不是一个缺乏生活情调的人，你总能找到合适的方式给自己舒缓压力，比如看书、听音乐、听广播、跑步等。你的口号是：你的未来，决战早晨！

答案B：你是个标准的"夜猫子"。无论是做项目，还是出去娱乐，你都偏向于把时间选择在晚上。你留恋于夜晚的静谧，觉得只有夜晚才能让你的心彻底地安静下来。选择夜晚工作，你的思维在晚上最活跃，好点子，好方案都是你挑灯夜战的结果。当然，除了熬夜加班、充电，你还会把娱乐节目放在晚上，去迪厅、去酒吧……一玩起来就完全忘记了时间。虽然这样的生活让你自得其乐，但是，健康会在你不经意间亮起红灯。

答案C：你既不像"晨型人"那样坚持早睡早起，也不会像"夜猫子"那样完全迷恋于夜晚的时间。有时，你会由着自己的性子来，跟着朋友彻底地疯玩一把；有时，你迫于工作的压力，不得不选择加班。当然，你还是向往做个"晨型人"，不过，好像总是坚持不下来。这样的生活，游离于"晨型人"与"夜猫子"中间，看起来很随意，其实这样的生活方式更加不规律，生物钟也常常被打乱。

"早起的鸟儿有虫吃"，同样24小时，同样8小时睡眠，如果早睡早起，能够让我们身体更健康、精力更充沛，建议加入"零帕一族"的职场朋友选择做"晨型人"。

利用上班时间，为自己的人生开拓不同的可能性，你准备好了吗？

时间管理从早晨开始。早起，不仅仅是个好习惯，更是你零帕职场的起点。从现在起，做个"晨型人"吧。

周三，早上5点钟，李景的闹钟准时响了。

此时很多人还在睡梦中，而她麻利地起床、穿衣、打开电脑。

她登录"早鸟网"后，在论坛上发了个帖子，"嘻嘻，新的一天开始了，我已经起床，要给自己充电了，吼吼……"

刚发上去不到半分钟，就有十几个人跟帖，看来早起的人不止她一个。

接着，她坐在书桌前，拿出书本晨读。

等到6点多，街上响起了热闹的叫卖声。此时，她已经看了10多页书了，一天的充电也小有成果。

"起床时天刚蒙蒙亮，周围一片寂静。这个时候做事情，真是一种享受。"

6点40分左右，她开始为自己准备早餐。每一顿早餐都相当丰盛，她喜欢用美食犒劳自己。

上班前，她还不忘给自己化个漂亮的淡妆，让自己看起来更有自信。

这种早睡早起的生活方式，她已经坚持了半年。

很多上班族都习惯熬夜加班或是充电。这样，不仅降低了自己的睡眠质量，而且第二天还会没时间吃早餐、上班迟到……

如果你这只"夜猫子"只是迷恋于晚上的静谧，那么不妨把自己的作息时间调整一下。因为早上整个城市还未完全醒来，这段时间同样安静，你一样可以用来学习或是充电。

做个"晨型人"，不但有了健康的身体、充沛的精力，工作效率是不是也因此提高了不少呢？同样的时间，有了合理的安排，效果就是不一样。每天不再有完不成的任务，工作压力也消失得无影无踪了。

小贴士：如何做个"晨型人"？

1. 养成早睡早起的好习惯。一下子把闹钟调在5点钟，可能只能坚持一两天，起床后也不会一下子全身心投入。你可以每星期把闹钟提前20分钟，慢慢调整让身体逐渐适应这样的生物钟。最后5点钟起床成为惯例。

2. 晚饭之后尽量不吃宵夜。尽量避免甜点或其他刺激性食物，保持半分饱入睡。这些食物会导致肠胃的活动变得旺盛，影响睡眠质量。

3. 控制好娱乐时间。喜欢上网的人一定要注意了，不要太过于沉迷网游，或是跟网友聊得太开心，舍不得下线。依依不舍关掉电脑，大脑却因太兴奋，一时很难平静下来，迟迟难以入睡。

4. 改变从春季开始。面对暖暖被窝的诱惑，谁也不想早早离开。如果从春季开始养成早起的习惯，坚持下来，就算外面再冷，由于生物钟已经形成，5点钟起床对你也不是难事了。

寻找自己的工作节拍

看似能力相当的职场人做同样多的事情，为什么有的人做得慢，而有的人做得快呢？这除了跟工作能力有关，还跟合理安排工作时间紧密相关。

所有的事情摆在你的面前，让你尽快做好做完，你该怎么办？你要迅速分出，哪些是"必做"，哪些是"可做"，哪些是"最好不做"。根据自己的情况，把这些事情放在相应的时间段。如果早上9：00～10：30，你的效率最高、思维最活跃，就把那些"必做"的事情放在这一时间段。

提高工作效率，调动自己的专业知识和能力，集中自己的注意力和精气神，寻找到自己的工作节拍。

不要随便把米格鲁养在家里

如果你没养过狗狗，你可能没听说过米格鲁犬。但是你一定听说过史努比，这个可爱的卡通形象早已深入人心。史努比爱吃冰激凌，老是记不住主人的名字。还原史努比的原型就是米格鲁犬。

泰迪在散步的时候手里牵着一只中型的米格鲁。它结实、漂亮，谁都想不到，它是泰迪从街边捡来的。街坊邻居十分羡慕泰迪能有这样的好运气。

"看这小狗多欢实，应该是走失了吧？"

"就是，这么漂亮的小狗，谁会忍心遗弃？"

……

泰迪听着，心里别提多得意了。他也庆幸，天上掉馅饼的好事，居然让他遇到了。

街坊邻居再见到他时，也不忘关心一下他的那只小狗："这些天怎么不见你溜狗啊，它还好吗？"

"唉，别提了，我总算知道它的前任主人为什么遗弃它了！"

原来，它在泰迪上班的时候，把家里的沙发、床单啃了一个又一个的洞，而且墙壁也被它用爪子弄花了，精心装潢被折腾得一塌糊涂……

米格鲁的好奇心特别强，玩起来就像是脱缰的野马，它尖锐的牙齿，什么东西到它嘴里都会变得惨不忍睹。这不是小狗的错，因为米格鲁骨子里就蕴藏着狂野好动的天性。如果没有被驯化，米格鲁真的不适合在家养。

处理工作何尝不是如此。如果不了解事情的性质、难易耗时程度，就随意地把要做的事情和时间自由组合，就等于把"米格鲁"养在家里，不

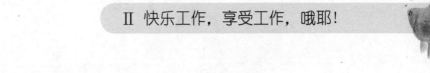

但没有带来令人满意的结果，还有可能让你大失所望。

同样是一群士兵，不同的将帅指挥就有不同的效果；同样是一段时间，不同的人安排，也会出现不同的结果。合理安排时间，有时就像带兵打仗一样，让每一段时间都"卓然皆称其职"，这样你才能高效。

如果你总感觉分身乏术，每天都是一个电话接一个电话，一个会议连着一个会议，而且还不时有人来"催债"，有时连吃饭都不得消停。日复一日积累下来的压力不大才怪呢！这时，你要沉下心来好好反思是自己对工作倦怠了？还是自己用错了工作方法？

职场中，人人都想高效，与其把自己变成一个嗡嗡直响的陀螺整日急速旋转，不如找对方法，更加合理地安排时间。

十二小时减压曲线

工作，有时就是在和时间角力。工作没有休止符，但是在心理上，我们必须要找到停顿的最佳位置，然后停下来，等待触发下一轮激情。

分身乏术的你，看看那些职场零帕达人如何安排一天中的12小时吧！

7：00 AM

如果你还没有加入到"晨型人"的队伍中，你至少要比预定的起床时间早起半个小时。这样，既能保证充分睡眠，还可以应对意外的状况发生，如天气恶劣、提早出门避免迟到。

你是否有赖床的习惯呢？闹钟响了半天，还是没有动力起床。那就先努力睁开眼睛吧，慢慢坐起来，深深打个哈欠，再伸个大大的懒腰。现在，你的睡意是不是已经跑了一大半？

所有的这些"热身"过后，你就可以轻轻松松地起床了。

别忘了带着微笑。

7:30 AM

洗漱完毕后，就给自己冲一杯热咖啡吧，美好的一天，应该从美食开始。

营养丰富，色彩搭配和谐的早餐，能为你的心情加上一分。

别忘了打开窗户，享受一下清爽的空气。

现在，先不要计划你的工作，也不要想着昨天没做完、今天要去做的事情。难得有一段属于你的时光。

清空大脑，什么都不想。

8:00 AM

最后涂点儿口红、抹点儿胭脂，再带上你的幸运耳环、喷点淡淡的香水。

给你的宠物、布娃娃一个大大的拥抱做告别。

检查煤气、电源、钥匙，一切准备之后，出门等公车吧。

在公车上你可以开始计划今天的工作日程了，想一想哪些工作必须完成？哪些工作需要同事配合，如何调动她们？

预则立不预则废，别小看提前几分钟筹划你今天的工作，做好准备有助于胸有成竹，你的效率自然也会变得很高。

9:00 AM

从现在到午餐前，可能是你工作效率最高的一段时间。不要浪费哦，把最重要的工作安排在这里。

当然，也要给自己留下空档，处理突发情况。比如，一个电话打来，又是那个太纠结的客户，怎么办呢？听着对方在细节上磨了又磨，为了省几毛钱跟你进行了几番"车轮大战"，听着他满腹牢骚，跟他沟通简直就

是对牛弹琴。

留出十分钟，先消消气，把这件事暂时放下，以免影响了做其他事情的心情。你可以闭上眼睛，让你的思绪飘到最美丽的地方。想象一下那些安详的场景，大朵的花瓣，广阔的湖泊，湛蓝如洗的天空……

每次遇到压力就在自己的脑海里冥想到这个画面上来，你会发现，其实问题并不是那么严重。

12:00 AM

与同事相约一起吃午餐，新来的服务员一个不小心把盘子摔到了地上，殃及池鱼，你的新套装被几滴菜汁溅脏了。

"怎么这样啊？真是倒霉透了！"你嘴里不停地嘀咕着，满肚子的怨气。

服务员赶紧向你鞠躬道歉，心里紧张自责不已，手忙脚乱中差点又跌倒。于是，又端错了另一桌的菜。

你带着愤怒的心情回到办公室，把坏情绪带到工作中，没耐心没好气地接着客户电话，没有控制住自己，"不买拉倒！"你摔了电话，不觉中得罪了重要的客户，接踵而来的是老板严厉的训斥……

停！停！停！赶紧倒带，另一番场景——

吃饭时，服务生不小心把盘子摔碎，看着她满脸歉意，你笑着说："没关系。"她如获大释，回报感激的微笑。你心里也暖暖的，其实，宽容是最有效的减压方法。它可以让一切不好的运气就此打住。

3:00 PM

下午的会议似乎并不尽如人意。辛苦做了一个月的方案被领导提出了很多问题和置疑，满腹委屈也没办法，真想大哭一场。

想想自己一个月来的努力，领导的一句"还需努力"，所有的功夫都付之东流。

停，自怨自艾，就自打住！

如果这一个月你一直在努力，那你的辛苦就没有白费，最起码你增加了宝贵的经验，你比以前更有经验，这不就是收获吗？

你还应该感激领导站在一个更高的角度帮你提出问题，也是在帮助你突破现状，你只有接受这些问题和质疑，努力解决它们，你才会成长得更快，进步更大。工作产生的后果，或好或坏，好的是肯定，是认同；不好的是督促，是提升。如果没有它们，你只能在原地踏步。

7:00 PM

一天的工作终于结束了。回到令自己安心的小窝，听听喜欢的音乐，上网再看看当日新闻。睡之前还可以享受一下暖乎乎的热水澡。

趁着心情不错，赶紧梳理一下：今天哪些事情让你的情绪高涨，记下它，下次还这么做；哪些事情让你有了坏情绪，明天一定要杜绝。

好了，要更倾听自己的内心，知道自己的缺失与需要。今天压力来袭，你就不必害怕，轻轻过关。

另外，别太晚上床睡觉，因为你明天还要加入"晨型人"的队伍呢！

小贴士： 工作分类让你更有效率

美国时间管理专家指出：把很多不同种的任务放在一起来做，你就会多花4倍以上的时间。这样的话，你完全可以把相同性质的工作放在一起来做，你就能做得更快。

将任务分类。哪些是机械性质的，哪些是理性主导的，哪些是与创意

有关的。如果你早上思维最活跃，就可以规定自己在午餐之前只做与创意有关的工作，而把重复性的、琐碎性的任务放在"犯困"的午后。节省了思维在大脑左右半球转换的时间，效率当然大大提高。

一周心情"晴雨表"

星期一：新的一周又开始了，犯困、精神不集中，星期一综合症。

星期二：怎么周末还有那么远？

星期三：真是前不着村，后不着店，崩溃啊。

星期四：再忍忍，还有一天。

星期五：嘻嘻，最后一天，今晚就可以放松了！

星期六：耶，周末来了！

星期天：天啊，痛苦的周一又要来了。

压力大是当今职场的通病，职场中的你是不是也有这种感觉呢？总是期待着周末、期待着放假，面对工作提不起一点兴致……

境由心生，心转则境转。其实，你心情的"晴雨表"完全是由你自己掌控的。一周好心情完全可以自己打造。只需要几招，你就可以使自己保持轻松向上的精神状态了。

一周好心情这样打造

【建设的星期一】

经过一个双休日后，你的生物钟可能会被打乱。星期一早上，要么醒

得比平时早一些，要么一直赖在床上不想起。

不得已，起床后换了套装去上班。还好，今天堵车不是很厉害，不然非迟到不可。

9点钟，你准时坐在了自己的办公桌前。可是，面对那么多待处理的工作，心里却隐隐地有些不情愿。想起了好友们周末一起出去爬山的情景，风吹着、大家笑着。

[建设型心态]

无论你周末做了什么，开心不开心，都不是问题的关键。此时，最重要的是你要学会用一种建设型的思维去对待新一周的第一个工作日。

这是一周的开始，给心情一个好的定位。如果你不想被繁重的工作所拖累，那就打起精神来，告诉自己：新的工作、新的任务正在等着我，从现在开始，调整好心态，迎接新挑战。

建设型心态的关键：你要注意区分工作与休息的界限。千万不要一味地沉溺于那些无谓的情绪或是浮想之中。

【淡泊的星期二】

这一天对于大部分人来说，心情会微稍复杂一点。新一轮的工作任务昨天已经下达，好不容易挨过了紧张又而纷繁的星期一，情绪虽刚刚调整好，但是很多事情仿佛还是缺乏一个清晰的脉络。

还是别一心想着周末了，接下来可能会面对更大的挑战。如果再四处走神，真的会有一种"剪不断，理还乱"的心情。

[淡泊型心态]

今天要做的就是使自己安静下来。很多事情还需去处理，结局能否

如愿以偿还是个未知数。

这一天，除了加班，似乎更多人都愿意待在家里。如果你要邀请他们出去消遣一下，最好还是别选择这一天。他们大多会告诉你："改天吧。"原因多数是："也没什么，就是不想动。"

淡泊型心态的关键：这一天最好的减压办法就是保持一颗淡泊的心。在家好好休整，吃顿简单但美味的晚餐，再足足睡上一觉。第二天醒来，精力充沛地投入到工作中。

【愉悦的星期三】

这一天正好处于一周工作日的中间，真有一种"前不着村、后不着店"的感觉。因此，为了达到自我平衡，你一定要想方设法使自己快乐起来。记住，一定要平稳过渡，否则接下来的两天心情会变得浮躁。

[愉悦型心态]

如果你是一个聪明人，你一定不会吝啬多给自己一点儿表扬。检查一下自己的工作，看哪些做得很棒，可以打几颗星、插几处小红旗。最后，再给自己一个微笑，默默对自己说："你这家伙，做事还真不赖。"

愉悦型心态的关键：一切都往好的方面想，多多肯定自己，你就会过得很快乐。

【整合的星期四】

经过三天的工作，今天你的心情很可能会出现不同程度的烦躁、不安。可是，工作还是要继续做的，你不得不按捺着性子把工作做完。

心情烦躁也是一点点积攒的。某个工作环节出了差错，责任本不在

你，而你却受到了领导的批评；某位同事误会你了，你百口莫辩……这些小事情，你当时也懒得多想，只想快点调整好自己的情绪，不想被琐事影响。可是，那些消极因子还在，若有似无地困扰着你。

[整合型心态]

在打扫心情的灰尘之前，先把自己的房间清理一下，让一切如新。早上来到办公室里，擦擦桌子，整理一下文件，该留的留、该扔的扔。再给自己的小盆栽浇点水。

整合型心态的关键：心情也是如此，把那些琐事归归类，找找源头，从头到尾理顺一遍。细想一下，其实那些都不值得我们抓着不放，由它们去吧，顺其自然最好。什么也不及我们的好心情更重要。

【轻松的星期五】

今天的工作效率可能比平常高一些，而且制作方案时激情四溢，灵感迸发，相当顺利。什么原因呢？你马上就可以自由地支配未来两天的时光了。同时同事们的心情似乎也都不错。和你同一个办公室的女孩今晚可能有约会，因为她显然比平时打扮得更时尚了；而你的上司穿得也稍显休闲，神态也较为放松，可能这周末要去度假了……

[轻松型心态]

如果今天的工作很顺利，无论是从数量上，还是在质量上，比平时都要高出一些。那么，把那些平时看起来头痛、棘手的事情就放在今天处理掉吧。

你凭借着这么好的状态，不知不觉忘记了下班时间。直到电话铃响时，你才发现："今天时间过得真快啊！"

轻松型心态的关键：今天，真的一切都OK。放假了！好好休息！

03

就要原汁原味的你

还记得童话故事中那个整天满面灰尘、可怜兮兮、受累又受气的"灰姑娘"吗？

职场中，不乏像"灰姑娘"一类的员工。他们外在表现得十分乖巧，从不生气，只听从命令；不会拒绝，只会自我牺牲；不敢展现自己的才华，也不敢表达自己的见解与主张……他们一味地隐忍，再隐忍，吃力却不讨好。到头来，自己被压力压得喘不过气来，却没有引起同事与领导的注意。

测试：你是职场"乖乖牌"吗？

1.客观地分析一下：尽管你已经非常卖命地工作，可是你的上司对你的工作表现和结果满意吗？

　　A. 不满意　　　　　　　　B. 有些不满意

　　C. 不知道是否满意　　　　D. 比较满意

E. 非常满意

2. 最近一段时间，每天在工作中开心吗？

    A. 不开心   B. 有些不开心

    C. 谈不上开心与否   D. 比较开心

    E. 非常开心

3. 是否会主动找上司沟通工作中的事情？

    A. 从不主动   B. 有些不主动

    C. 无所谓   D. 比较主动

    E. 非常主动

4. 职场中的升迁，是否要一切随缘，无须强求呢？

    A. 完全不赞同   B. 不太同意

    C. 没仔细想过   D. 有些不同意

    E. 完全同意

5. 别人的意见或建议是否常常会影响你做计划和决定？

    A. 经常是   B. 多半会有些改变

    C. 有道理就接受   D. 一般不会

    E. 极少改变

6. 你内心其实挺看不起那些工作不努力，但只会跟老板搞关系的人吗？

    A. 非常鄙视   B. 有些瞧不起

    C. 无所谓   D. 能理解接受

    E. 值得学习

7. 你和同事的关系怎么样，大家是否真的喜欢你？

    A. 自己很孤立   B. 一些同事不喜欢自己

C.一般   D.多数都喜欢自己

E.都很喜欢自己

8.你更享受有在竞争的工作环境吗？

 A.不享受   B.有些不享受

 C.无所谓   D.比较享受

 E.非常享受

9.在讨论会上，你会经常提出有建设性的创新想法吗？

 A.绝不多管闲事   B.不太主张

 C.没创新想法   D.不经常

 E.经常

10.当你面对工作中的不顺心时，你是控制情绪、沉默不语还是稍微发泄
 一下？

 A.不控制，顺其自然   B.不是太控制

 C.偶尔控制   D.大多时候控制

 E.总是沉默不语

测试结果：

 分数计算： A为1分，B为2分，C为3分，D为4分，E为5分。然后把10道题的得分加起来。

 10～15分： 你属于标准的职场"乖乖牌"。目前这种状态并不是特别好，反映出你不太自信，而且压力也在一点点地增大。这并不是你想要的职场生活，但是你却在一直隐忍。目前的这种状态，很难存在晋升的可能，对个人的职业发展也不利。你应该彻底地反思一下自己。

15～25分：你工作多年，累积了一些职场经验，也懂得与同事、领导相处的基本方法，但是很多时候，你的工作结果并没有达到领导的期望；与同事、领导的关系不咸不淡。所以你还有很多方面有待改进。

25～35分：众多员工中你属于那种既不拔尖，也不落后的员工，你不会出什么大的差错，但也不肯做出什么一鸣惊人的成绩。你不愿承担大的责任，也不愿冒大的风险，因此机遇也会一次次悄悄流失。你要思考工作对你的意义到底是什么？你下一步职业发展规划，你要做到什么目标？

35～45分：你是一个有理想、有抱负，并且时时充满激情的人。率性而为是你的一大特点，这个性格让你远离压力的困扰。你愿意从事富有挑战性的工作，也时时期待着能够在职场上再上新台阶。

45～50分：你绝对是职场中的"将才"。你有着清晰的个人发展规划和职业目标，你把工作当作事业来经营，你在事业上努力开拓自己的版图，你有着非凡的个人魅力，也有着领导人的潜力。当然，你的才干注定会让你在众人之中脱颖而出。

带着零帕心态，轻松享受职场

"顺从型"、"讨好型"的职场人士，从来只是迎合别人，只会自我牺牲。到最后却发现，自己在顺从中失去了自我，在自我牺牲中让自己劳累不堪，在投入与回报不成正比的心理中感到"压力山大"。

职场"乖乖牌"们，是时候改变心态，让自己轻松享受职场了。

刘畅大学毕业后就进入这家中型公司，虽然只是一个小职员，但从小就听话的她在工作之前就接受了这样的信念："我是新人，尽量少说多做，要勤快点。"

所以，进入公司之后，刘畅不仅对领导的吩咐言听计从，就连同事们让她帮忙跑腿的，份内份外的事情，她也一概答应下来，不会推辞。

久而久之，领导和同事们交代的事情越来越多，刘畅每天都要忙到很晚，时间久了，身体吃不消了，整个人的精神状态很差。想拒绝，但又不知道怎么开口说"不"。自己的工作量本来就大，交工时间又紧迫，又要帮别人承担额外的工作，她小心翼翼地维护同事间的关系。每一天都过得如履薄冰，刘畅感到非常压抑，心力交瘁。

半年后，她选择了辞职。尽管暂时没有了工作，但是她感觉到了前所未有的自由和轻松。

职场"乖乖牌"真不是那么好当，失去了自我，也压抑着自己的率真。与其在畏首畏尾中受煎熬，不如做回自己。

想通之后，刘畅换了一家公司重新开始。

在新公司里，她乐观自信，也依然乐于助人。只是该说"不"的时候就礼貌地说出口，该展现自己的时候也绝不含糊。没有了各种琐事的拖累，她的能力很快就得到了展现。

在老板和同事们的眼里，她绝对是一个能力强、有自信的员工。干了不到半年，老板就琢磨着给她升职加薪了。

如果你就是职场中的"乖乖牌"，那就从现在开始转变心态，做回你自己。

神奇的水晶鞋，只是为童话中的灰姑娘准备的。职场中，要活得洒脱、快乐，只能靠自己。该说"No"的时候，就不要迟疑；该展现自己的时候，也不要客气。

做个真实而自信的你，不但压力不会来"欺负"你，而且领导和同事都会喜欢你。

小贴士： 做自己

1. 要敢于显露自己的才华。要想领导发现你、提拔你，首先你就要展现出自己的特长与才华。一味坐等"伯乐"出现，而不证明自己是"千里马"，即使"伯乐"出现了，也未免一定会发现你。

2. 不要苛求人人都喜欢自己。如果太在意别人的评价，你就会失去自己的个性，久而久之，你也会活得很累。更不要为了迎合他人，而委屈自己。那些额外的不属于你的"份内"的工作，在做完自己本职工作之后，如果你还有时间与精力，你可以适当伸出援手，评估自己的能力，能做到什么程度，提前告诉对方，并努力完成好。实在没有时间和精力，就大大方方地拒绝，说明你的情况和目前的工作速度。如果对方执意要求你帮忙，你就让领导去统筹。

3. 定时与同事沟通。你是否是同事眼里的"独行侠"呢？同事讨论八卦，你从来不参与；同事一起吃饭，你也不响应；渐渐的，周末出去活动，同事再也不叫你了。你像是一个被孤立的人。这时，你最应该做的是：多与同事沟通，让他们多了解你，积极融入到集体中来。

零帕，要的就是率性而为

明明做得已经足够好了，可领导偏偏提拔了那个"刺头"；明明工作

业绩比别人突出，可受表扬的永远是别人。

如果你还在为这些问题而烦恼，不妨先从自己身上找原因：你的工作业绩有没有被领导知晓？你的工作结果是否真如领导期待的那样？你除了工作外，是否已经和其他同事互动良好？你虽然可以创造不错的业绩，但你是否已经具备了带领团队共同创造业绩的能力？

要想出众，要想升职，就要变身为"将才"。这样，你不但能够轻松享受职场，还能够巧妙升职。

零帕职场，要的就是率性而为。

今天的职场，女性早已成为一道独特的风景线。从办公室文员到总监，办公室的各个地方都有她们工作的身影。

刘燕个子娇娇弱弱，声音甜美细腻，是个典型的南方女孩。可是工作起来，却异常"彪悍"，雷厉风行。她说："做事业，就得有那么一点点野心！"有干劲的女人，并不是说要在事业上和男人斗得你死我活，而是从第一份工作开始，就要有自己的目标，时刻都要清楚自己想要什么。

率性而为并不是让你不管不顾。看着镜子中那个袅袅婷婷的刘燕，你一定不会把她和严谨庄重的商务谈判人士联系在一起。她的率性确实不表现在硬朗有力的外表——她的性格直爽，但从不为此得罪人。着装率性自由，有一种新职业女性的形象，但做事绝不拖拉、随意。

不是所有事业成功的女性都有着不堪回首的感情创伤。能够在职场上率性而为的强手，也必定是走钢丝的能手。刘燕总能在晚上7点漂亮变身，回家后，卸下女强人的标签，悠然享受家庭生活，绝不把工作带回家。刘燕喜欢看韩剧，喜欢看博人一笑的八卦，也喜欢在厨房里进进出出，忙里忙

外，与家人交流除工作之外的所有话题，亲手为爱人做一顿大餐。

做个率性而为的人，没准，你会更加自得其乐；而且工作时，也会游刃有余。

对老板来说，最好的员工不一定是最听话的那些人，也不是处处抢尽风头的"刺头"，而是能让他放心"授权"，能担当大任的人。

对于同事而言，他们也更愿意看到一个真实的你。如果你不让别人感受到你的真诚，别人也不会拿真诚来对你。你完全可以表现为"外圆内方"，在温文尔雅的外表下，跳动着一颗坚强的心。脱离做事偏执急躁的幼稚，也不摆出一副百毒不侵的冰冷面孔。自己想要的率性，就是活得自在，也让别人舒服自在。

小贴士： 办公室着装应注意的几点

率性而为似乎越来越成为职场人士的服饰标准。原因很简单，在这个标榜个性的年代，在这个"压力山大"的时代，要充分地释放自己，找到生活与工作的平衡点。

如果你喜欢英伦风格，那就不妨展现出来。清晰的线条、明朗的色块，你就是办公室里最帅气的淑女。对于男性而言，完全可以多一点随意与俏皮。你可以像骑士一样，但一定不要忘了优雅。

最后，别忘了美丽也是一种竞争力，它会在你不知不觉中给你加分。

"草莓族"也有春天

测试：你是职场"草莓族"吗？

1. 你是否是独生子女？

2. 你从小受到无微不至的呵护，很少遇到不顺心的事吗？

3. 一毕业就急匆匆地冲进了职场。

4. 受到委屈后，需要很久的时间才能平和心态。

5. 遇到问题后，总是冲动，很难控制好情绪。

6. 事情的结果总是与自己的期望值有一段差距。

7. 害怕承担过错，也不愿意面对不足。

8. 感觉压力好大，自己快承受不住了。

9. 做事急躁、任性，而事后又感到内疚。

10. 自己没有错，而是别人总和自己过不去。

测试结果：

如果你有3～6道题的答案是"yes"，那么你已经算是职场"草莓族"了。你的压力可能并不大，只是自己还没有完全适应这样的职场生活。有时遇到十分棘手的问题，但总是找不到最好的解决途径。只要你逐渐适应这样的职场生活，提高自己的心理素质，你就能做得更好。

如果有6～10道题的答案是"yes"，那么你就是典型的职场"草莓族"了。抗压性低，稳定度差，总是把个人利益放在集体利益之上，遇到

问题就退缩，或者干脆甩手不干。如果有更有趣更高薪的工作吸引你，就会产生冲一冲的想法。

急躁、任性、冲动、怕担责任……看到了吧，大家给"草莓族"的评价似乎都是负面的。如果你"不幸"被贴上了职场"草莓族"的标签，也没有关系，只要努力提高自己的抗压能力，"草莓族"一样会有春天。

燕子可是个大美女，一头酒红色的大波浪头发、精致的五官、时尚靓丽的小套装、身材那更是没得说。在校时参加大学生模特大赛，还捧回过第二名。即便是找工作难的现在，凭着燕子靓丽的外表、再加上她重点大学的文凭，不费吹灰之力就找到一份相当不错的工作。

燕子的性格十分直爽，刚到公司就和部门上上下下处得很好，见人微笑问好，说话、办事也都干脆麻利，领导和同事们也觉得这个新来的小姑娘挺好。

可是时间久了，对燕子的看法却发生了本质的变化。部门领导和同事们都在为项目加班加点时，燕子一到下班马上就溜之大吉。领导认为燕子工作态度太差，从来不主动工作，总是等着领导安排，也不计划下一步要干什么。同事们则认为她太"独"，缺乏集体合作精神，遇到问题需要解决，她从不询问他人的意见，总是自己在那搞"创新"。

一次，因为迟到，燕子被老总批评了几句。谁知，她竟抽抽搭搭地哭了起来，一下子搞得老总不知如何是好。

就这样，燕子被贴上了职场"草莓族"的标签，就连她自己也感觉到自己的人缘确实不怎么好，上班时间对她来说就是煎熬，甚至萌生了辞职的念头。原本自信开朗的她，现在也总是闷闷的，久而久之，她变得敏感多疑。

不能再这样下去了，否则真会崩溃的。她去做了一次心理测试，测试报告显示燕子的逆商需要提升。当她对自己有了清晰认识后，她便有意识进行自我转变，不再怨天尤人，也不再以自我为中心，凡事往好的一面看。

渐渐的，情况有了好转，燕子做事主动、积极努力，慢慢融入到团队中。

虽然"草莓族"抗打击能力不强，但也有自己的长处：外表光鲜、惹人喜爱自不必说，而且能够快速接受新事物、富有创造力、敢做敢当、勇于表达自己内心……在这个个性张扬的时代，我们需要的不就是这样的人吗？

"草莓族"出现问题，只是暂时的。原因很简单：职场不需要自我为中心，心理素质不够好，抗打击能力不强的人。就像新鲜欲滴的草莓，保鲜的时间只有短短几天，能够长存的是内心强大，外表坚硬的"榴莲"。

如果带着零帕心态，零帕精神，与同事相处少一分计较、多一分谦让；少一分自以为是、多一分交流沟通，所有的一切不都迎刃而解了吗？

我是"草莓族"我怕谁？暂时失意不要紧，"草莓"有"草莓"的长处，"榴莲"有"榴莲"的短处。只要努力调整心态、增强抗压能力，我就是个外表光鲜、所向披靡的坚强"草莓"！

"草莓族"突围秘籍：

1. 从现在开始，考虑对方的感受

从不亏待自己，是"草莓族"的第一准则，他们总是能为自己找到合理的借口。但是，职场不是学校，也不是家庭，以"我"为中心的理由，

未必有人买账。地球不会因你而停止转动，公司也不会因你而止步不前。所以，从现在开始，把一部分注意力从自身转移到别人身上。

当你学会从对方的角度思考问题时，你会发现很多问题并没有想象得那么糟。理解多一分，误会就会少一分。同事间相互理解了，人际关系就会更和谐，压力也会随之而减轻。

2. 想办法解决，而不是找借口逃避

"草莓族"的做事方法一贯是任由自己的性子，一副什么都不在乎的样子。"此地不留爷，自有留爷处"，稍有不顺心，这句话便会在脑海中闪现。因此，在职场中一遇到困难，首先想到的不是如何解决问题，而是抱怨，甚至想一走了之。

你跳与不跳，无论在哪个地方工作，如果一直抱着无所谓的工作态度，寻找一个差不多就行的工作结果，你所得到的回报是一样的。"草莓族"要想等来自己的春天，必须改掉这一坏习惯。

其实，你可以拒绝

在职场中，绝大部分人都会认为拒绝别人是一件难以启齿的事情。而且，一旦拒绝的话语说出口，就会让人觉得自己不够友善、不够热心。此时，你的负罪感也会油然而生、心情低落，只因为你的拒绝让别人失望了。

可是，违心地答应对方的要求，搭上自己的时间和精力不说，工作

完不成又不能得到一个好结果，低于对方的期待，这是让双方都不痛快的事。"何苦来做费力不讨好的事情？"、"做不来也不提前告之我一声，浪费我的时间！"

职场的"零帕达人"就没有这样的烦恼。他们最清楚如何给自己的心灵减压。做一个能够巧妙表达真实意思的人，让自己痛快、也让别人畅快的人，无疑是成为职场"零帕达人"的关键一步。

谁也不想因为一点儿小事情就把自己的领导或同事给得罪了，造成势不两立的局面，可是如何巧妙地拒绝呢？

情景一：无休止的加班

领导最喜欢的员工要数李琳了，常在同事面前夸她能干："李琳，你是高手，过来看看这方案，到底是哪儿不对？"、"李琳，这个项目你得盯着，你做事最认真。"、"这个，你得亲自去办，别人做我不放心。"……

李琳总是用"自己是万能胶、自己能力强、最让老板放心"等一些理由来说服自己接受这无休止的加班现状，但她越发觉得疲惫不堪。拒绝？她真不知如何开口；不拒绝？任劳任怨几年下来，没有加班费，职位也没提升，心里真不平衡。

锦囊一：不唱"独角戏"

当整个公司的灯都灭了，只有你的办公室还亮着灯。你一个人在电脑前，还在默默工作，陪伴着你的只有嗒嗒敲击键盘的声音。

你就是那个肩负着拯救整个公司重任的"英雄"。我们总是被这句称赞与肯定的话变得"无人能敌"，一种使命感油然而生。即便你真是"英雄"，这种情况也不应该常常发生，否则，你一旦离去，公司危矣。

面对额外抛过来的任务，你此时一定不要唱"独角戏"。告诉领导，你手头上有哪些工作需要处理，什么时间截止。如果一定要处理这些临时派来的任务，你需要几个帮手。

锦囊二：选择题不好做

面对临时委派的任务，先答应下来。再细细列举手中没有完成的工作和自己目前工作时间进度，让领导来选择，到底先处理哪件工作更好。

如果额外的工作需要占用你的休息时间，那么，你也同样可以出一些选择题：这个周末，我男朋友要从国外回来，并且只能停两天；明晚××公司的重要客户约了我，我不能爽约……

领导会分析重新统筹。或宽限几日，或给你找几个帮手，或干脆委派给其他同事。

情景二：领导是个"强硬派"

小优的总经理是个十足的"强硬派"，在他面前千万别耍个性，因为他就是最有个性的人。面对着这样一个"强硬派"派下来的任务，不管你现在手头累积了多少任务，也得挤时间完成。

锦囊一：领导的面子最重要

其实无论是领导还是员工，谁都不愿意听到否定自己的话，这是人的本性。作为领导，他的权威性和自尊心是员工要时时维护的。领导有错误不怕，但最怕当着一群人被指出来，让他下不了台。千万不要全盘否定领导的语言及说话的态度方式，用恰到好处的语言点到为止表达出你的意思，如"领导您帮我看看，为什么这个结果与您说的不太一样，是不是我算错了？"领导一定会反思，从而发现问题或决定是否正确。

锦囊二：先肯定，用提醒替代批评

面对问题和异议，如何告诉领导"你错了!"采用"迂回"战术吧，先肯定他，再让他自己否定自己。

如果领导下达了一个错误的指令，同事们明明都看的出来，但怎么提？一个最有效的办法，就是"将错误进行到底"。在执行领导所说的方案前，可以先做一份详细的计划书，把准备事项、时间安排、经费预支、优势、劣势——标明。

在展示给领导时，还要美其名曰："要做，就做到最好。您帮我把把关，是不是这个计划成功的机率更大？"

这样，在他看到计划书后，关于这个决定是对是错，该不该执行，他一定会重新考虑。

情景三：同事的"便利贴"

"晴晴，帮我把这个文件送到策划部吧，我现在太忙了，没有时间。"

"晴晴，帮我把这份材料影印出来吧，下周开会时要用。"

"晴晴，你吃饭时顺便帮我也带一份回来。"

......

新入职没多久的晴晴真的成了大家的"便利贴"。除了做好自己的工作外，还要额外帮同事做这个，帮同事做那个。最后连订机票、打饭、寄快递这样琐碎的小事统统交给晴晴去做——"有困难找晴晴!"

她真想拒绝，可刚说一个"不"字，同事就又开口了："哟，晴晴要小姐脾气了？这点儿忙都不帮!"

锦囊一: 别为难自己

让所有的人都喜欢你? 这简直是给自己出一道难题。

职场中, 如果一味地付出、顺从, 为了就是让身边的人都喜欢自己, 到后来苦的只能是自己。何必对周围人的评价过于在意, 谁也做不到十全十美。谨小慎微的态度, 不但得不到别人的认可, 反而会将自己置于一个十分尴尬的境地。

与人为善不等于一味顺从, 只要你乐观、开朗、自信, 相信别人一定愿意与你交往, 而且这样的人际关系会让你很轻松, 也很愉快!

锦囊二: 大大方方拒绝

维系同事之间的关系靠的不是乞讨, 也不是任由一方拼命付出。如果仅靠一方讨好, 这样的关系是不对等的, 缺少尊重的互动尤如盖在沙滩上的小楼, 随着潮涨潮落而岌岌可危。

如果实在不想帮, 那就大大方方地拒绝, 说出你的理由, 别再让对方对你产生依赖心理, 相信同事一定会理解你。

把双方放在对等的位置, 以爱心换爱心, 以真诚换真诚。

其实, 身在职场, 大可不必为了博得所有人的欢心而为难自己。只要本着自己的做人原则, 与别人坦诚共事, 就不失为明智之举。将自己的大部分精力投入到本职工作中, 做出一番成绩才是在公司立足、图谋发展的前提。

04

做得多，不如做得对

清晨，坐在大街小巷的早点摊位上，一碗豆汁、几根油条，又或是提着一小袋小笼包，站在公交站牌处，边吃、边等车。傍晚，华灯初上，走在这个城市的街道上，却没有丝毫的归属感。

上班——工作——下班，像陀螺一样周而复始地进行着。如果说"月光族"通过花钱发泄压力，算是对整日拼命的回报；而"穷忙族"则有着更多的无奈，他们疲于奔命，永远都有做不完的工作，加班加点那是常事，整日忙得晕头转向却不知为什么那么忙，时间和精力都不知花费到哪里了，同时付出与回报还完全不成正比。

测试：你是"穷忙族"吗？

1.薪水很低，总是被迫月光？

　　A.是的，薪水刚刚够生活所需

　　B.不穷忙，也不月光，不管多少，每月都能存下一笔

85

2. 存款里的数字让你没有安全感?

　　A. 是的，总是存不下钱

　　B. 对金钱，有一套很系统的理财方法，目前手头有一些存款，可以应对

　　　一些突发事件

3. 三年内没有升职的机会?

　　A. 是的，升职的一直都不是我　　　　B. 抓住每一次升职的机会

4. 虽生活在繁华的都市，却在这个城市找不到归属感?

　　A. 是的，蜗居在出租屋里，随时有搬家的可能

　　B. 在公司地位稳固，有留在这个城市长期发展的打算

5. 为了给领导留下一个好印象，愿意无偿为公司加班?

　　A. 是的，为了工作，加班不算什么

　　B. 看工作情况而定，需要加班时会加班

6. 一年内未曾加薪?

　　A. 是的，领导从未提过，自己也不敢提

　　B. 因表现良好，曾加过薪

7. 尽量不参加聚会，通过减少日常开支减少内心的挫败感?

　　A. 是的，一是没时间，二是薪水不多

　　B. 有机会就参加，联络感情，或拓展人脉

8. 曾经的理想，被整日忙不完的事情，磨得已经整不起来了?

　　A. 是的，我不记得曾有什么理想

　　B. 虽忙，但我是为了实现理想

9. 目前的状况，无力置产，更没法考虑养老?

　　A. 是的，每月都入不敷出

B. 正在打算置产

10. 你会通过购物来减压吗？

　　A. 条件允许的情况会买自己喜欢的东西犒劳自己

　　B. 有一套适合自己的减压方法，不一定要通过购物来减压

测试结果：

答案：选A得1分，选B得3分。

10～16分：你是个标准的"穷忙族"。没有加薪，没有升职机会，一天到晚都在忙工作，收获却不大。因为薪水不高，你总是对自己的工作没有安全感。尽管你已经很疲惫了，还是会勉强自己去加班。同学聚会能不参加就不参加，一来减少花销，二来减少自己内心的挫败感。其实，你应该调整一下自己的生活状态，与其以疲倦的状态应付工作，不如调整好心态享受工作，提高效率，减少加班，轻松生活。

17～23分：你走在"穷忙族"的边缘。也许由于薪水不高，或许自己是个强烈的名牌控，你的存款不能使你有充分的安全感。有时你十分确信，只要自己努力了，就一定能够过上自己想要的生活；有时你会怀疑自己的能力。对工作的热情总是忽高忽低，也正是这个原因，你的升职之路走得并不顺畅，你的"薪"情，并不十分乐观。

24～30分：你是一个比较务实的人。你对自己的职业生涯有着科学规划，目标明确，并为之努力。同时，你还是个理财好手，不管多少，你都能轻松、科学地打理。也许，你的职场生活也是忙忙碌碌的——忙于处理工作事务，忙于处理人际关系，但是再忙，你忙得明白，忙得清楚，抽出时间投资自己。

"穷忙族"众生相

穷忙情景一：付出多，收入少

穷忙族名片：

> 姓　　名：郭丽
> 专　　业：中文系
> 所在城市：深圳
> 月　　薪：3000元左右

小郭是个感情细腻、酷爱文学的女生。毕业后找到一份网络编辑的工作。出于对文学的热爱，她觉得从事这份工作是件十分幸运的事情。

但事情往往不会跟着想象的脚步走。到了工作岗位才发现，网络编辑的工作内容基本上就是复制加粘贴，自己原创的内容并不多。而且一天的工作量非常大，不断地搜索，通过自己的加工，制造出上百条新闻。劳动强度不亚于报纸的新闻记者，假期也相当少。

"我每天都很忙，当我静下来的时候，我发现自己就是在电脑前做着'搬运工'的工作。再这样忙个两三年，我的生活状况不会有什么改变。"

从最初的充满激情，到现在的疲惫不堪，小郭觉得自己被工作绑架

了。一天到晚都在穷忙，找不到方向，找不到工作的价值与意义，更看不到自己的出路。

穷忙族翻身术：蓄势待发，酝酿精彩一跳

跳有两种，一种是向同一行业更高层、更知名的平台跳；另外一种，便是重新定位自己，谋求新的行业发展。

如果你认定自己现在从事的职业没价值，不妨把自己的目光投入更高的平台。同是网络编辑，有的人做的是"搬运工"的工作，而有的人却在现有的岗位上努力延伸自己的工作种类，新闻采集、策划、播报……只要你想，你便可以实现你的梦想。平台对职场人的影响很大，如果你可以在更大的平台上施展才华，那么努力向上攀登一个台阶；但也要知道，外因只是一方面，不管你去哪里，都要靠你的韧性。

寻求更高的平台前，一定要充分考虑自己的实力和竞争力，否则过大的压力同样会使你对工作失去信心。

第二种跳便是转行。如果自己真的不适合目前的这份工作，那就要重新考虑自己的职业发展，给自己一个最佳定位。

如果要转行，一定要慎重，积极收集各行业的信息，关注该行业的发展前景，为自己做一个长远的职业规划。

工作忙，不可怕，怕的就是忙而没有收获。或跳、或转，为了让自己的付出更有价值，让自己看得到希望。

穷忙情景二：频繁跳槽

穷忙族名片：

姓　　名：缓缓
星　　座：白羊座
月　　薪：2000元左右

大学毕业后，缓缓随着同学一起来到一线城市打拼。因为她在大学学的专业是英语，她选择工作的范围很有限，只能在一些外贸公司做英语翻译的相关工作。

最终她在一家服装公司找到一份文员的工作，尽管文员的薪水不算高，但缓缓觉得工作比较轻松，拥有更多的私人空间。

可是到了工作岗位后才发现，文员的实际工作量大大超出了她的想象，大事小情都要她来做，杂事也要她一件一件处理。薪水虽在一点点上涨，但怎么也追不上物价上涨的速度。

一次同学聚会，她听说做销售特别赚钱，有的同学做了销售后，月薪都能过万。对比缓缓少得"可怜"的薪水，如此大的差距，她很不甘心，果断辞了现在的工作，又找了份销售的工作。

真正做了销售工作这才发现根本不适合自己，缓缓性格内向而且销售的底薪非常低，"月薪过万"全靠业绩提成，这让她的生活更加窘迫。

无奈之下，她再次选择离开。可是，再找一份什么样的工作，她并不

知道。毕业两年内，缓缓换了五六份工作，样样都"不如意"，她的英语专业知识也渐渐荒废了。

穷忙族翻身术：提炼优势，告别"跳蚤族"

职场的"跳蚤"有两种：一种是上下跳，为了更好的待遇，为了更高的平台，在自己熟知的领域上下跳。另一种是左右跳，一直在寻找自己感兴趣的，或是寻找适合自己的职业，每次跳槽，从事的工作多多少少都会有差异。无论是哪一种跳，"跳蚤族"都有一些共同的特点：盲目求职，短时间内频繁换工作；遇事逃避，指望通过自己一跳改变现状。

如果你也是职场"跳蚤族"，而且整日忙忙碌碌，却感觉不到充实与快乐，你就需要深刻地反思一下，调整自己的状态，找到工作的意义与价值。

也许，跳槽后你的薪水的确比原来有所增长，但是你身上的责任和工作量也会增大，你是否能够适应新工作环境更大的工作压力？毕竟，你可能面临牺牲个人休息时间的局面。不认可单纯追求金钱而选择跳槽的行为，毕竟频繁跳槽不利于自己专业能力的提升，从个人长远的职业发展角度来看是弊大于利的。

当然，也不是不能跳槽，而是应该提炼自己的优势，把个人的发展路径定位得更为多元化，然后在这一范围内跳。边跳，边积累经验，边寻找最适合自己的。这样，既没有完全脱离原来的工作经历，也可以获得更多的职业机会。

穷忙景情三：过度消费，以致穷忙

穷忙族名片：

姓　　名：杨浩
年　　龄：32岁
工作城市：上海

在别人看来杨浩的日子一定过得很滋润——名牌大学的毕业生，还没离开校门就被上海一家知名外企聘任，薪水也相当可观。

杨浩却觉得自己是个实实在在的"穷忙族"。自从他离开校门，来到公司的那天起，他的穷忙日子就开始了。

虽然，月月拿着高薪，住着高档小区，开着轿车，身穿名牌，出入高档餐厅……但这些仍然无法让他感知到生活的幸福。

他作为公司的策划总监，每天都要与客户打交道，自己的穿装品位必须跟得上客户的审美。所以他不得不在穿戴上做了很多"投资"。看着自己辛辛苦苦挣来的钱，一大部分拿去买各种名牌，他相当心疼。

除了房贷、养车，每月的薪水早被各种社交、着装给消耗殆尽了，自己的时间也被工作完全占用。看着身边的朋友一个个结婚生子，他还是"黄金单身汉"。一到假期，看着别人出双入对一起游玩，自己要么跟着当"电灯泡"，要么静静躺在空荡荡的家里，坐拥一堆没有生气的名牌。

"没日没夜地奔波，可到头来心里却空落落的；月薪不少，存款却不多，而没有实现的心愿也越来越多。"

穷忙族翻身术：改变观念，学会理财

现代大都市中，像杨浩这样高收入的"穷忙族"比比皆是，他们拿着高薪，却还在为生存奔忙着。有的因为工作需要，不得不购买一些奢侈品；而有的则是通过消费来缓解压力，以至于消费过度，资金上的缺口更让人难以接受。

穷忙有时像个漩涡，一不小心陷进去就会难以自拔。有些人为了花钱而赚钱，为了存钱而加班，这样只能忙得没有穷尽。而另一些人则是物质上很充裕，精神上相当孤寂，甚至贫穷。

如果你属于后者，哪怕拿着过万的高薪，仍然摆脱不了穷忙的怪圈。现在，你需要改变观念，改变现在的生活状态。工作中的忙碌很正常，但要忙得充实，有收获，在忙碌中寻找成就感。如果忙碌的结果只让你感觉到疲惫，不妨把步子迈得小一些，或是给自己放个假，到远方去旅行，让心灵回归大自然。

此外，"穷忙族"还要学会理财，收入高时更应该学会科学地打理钱财。让每个月都有节余，使银行存款的数目一点一点地增多，随着存折上数字的变化，等积累到一定程度，看到忙碌后的效果与收获。这样，不至于忙到头来只是一场空，这些数字会在心理上带给你些许安慰。

告别"穷忙族"，加入"零帕族"

随着时间的推移，"穷忙族"的队伍也在一步一步地壮大，"穷忙族"已经不仅仅局限于那些收入少、社会地位低的人群；那些拿着高薪，

或大肆消费追求高端奢侈品，或为供房供车被迫牺牲自我的人也逐渐沦为了又忙又穷的"穷忙族"。

如何走出穷忙的漩涡？如何才能从容不迫地生活？

可以忙，但不可以穷忙

职场竞争激烈，忙碌也属正常现象。但是有的人忙得充实，有的人忙碌过后只觉得疲惫。

如果你每天只是忙碌，却找不到方向，看不到忙碌的效果，薪水也一直停步不前，那你就要努力打破现在的"穷忙"魔咒了。

1. 是否一切向"钱"看齐

为了摆脱经济上的窘困而拼命工作，下班后再兼职几份差事，一天到晚忙得根本没有时间思考，更没有时间来沉淀充实自己。每天疲于奔命，但是从事的大多是技术含量不高的工作，脑力在逐渐退化，职场的竞争力也越来越弱，到头来只能是越忙越穷，越穷越忙。

2. 思考自己想要的生活

如果你对自己当下的生活状态并不满意，那就果断地停下来思考一下：自己想要的生活是什么样的？需要做哪些转变，采取哪些措施才能过上自己想要的生活？

没有思考与总结，职场中的你就只能像驴子一样，在磨盘周围一圈一圈地转着，身心疲惫却找不到方向、看不到未来。

少一些抱怨，多一些思考，工作与生活就会一步步朝着即定的方向前进。

3. 清晰的职业规划

做好职业规划，即使再忙也会有方向感。有了清晰的职业规划，你就会明白自己为什么而工作，自己在工作中能够得到什么。

一个有规划的职场人士，他清晰地了解工作的目标：积累经验还是提升技能。是为了积累经验还是提升技能，你带着目标工作哪怕再忙、再累，一旦你停下来总结，回顾工作赋予的意义，那么所有的付出就是值得的。

有了目标，少了迷茫，少走弯路，"忙"不再是一种负担，而是一种动力。

4. 统筹安排时间

"没有时间"可能是所有"穷忙族"最爱说的一句话。

没有时间，就没有办法参加同学聚会；没有时间，就无法到郊外放松游玩；没有时间，也没有办法陪恋人看一次电影；没有时间，更没有办法充电……似乎所有的幸福感都被没时间所阻隔。

从现在起，妥善安排你的时间，让自己忙得有效率。剔除日程表不必要的事情，把重要的事情放在最佳时段。

倡导一种思路：24小时不该被工作占满，学会工作与生活的平衡艺术，你的幸福指数才不会原地踏步。

5. 必须积累财富

没有钱，让我们缺乏感知幸福的能力；没有钱，让我们无法享受更高品质的生活。如果生活窘迫，我们的心里必定会掺杂着不满与抵触等复杂情绪。因此，适时地储蓄是必须做的。

适当地控制我们的消费欲望，减少奢侈品的消费次数，选择适合自己的品牌。也许消费会给我们带来暂时的刺激与满足感，但买回家一整理，发现买了一堆无用且占地的东西，荷包大出血，会让我们更加难受。

会赚钱，也会科学打理钱财。储蓄财富，也为自己储蓄幸福。

6. 加入零帕族

零帕达人栖身于社会的各个角落，他们可能是收入上万元的都市金领，也可能是月薪刚过千元的大学毕业生。但他们有个共同的特点：承载各种压力却能保持积极乐观的心态。

"零帕族"不但有清晰的职业规划、科学的理财方法，还要有一种"零帕"的心态。有了这种心态，再大的压力都不算什么。穷不要紧，现在穷为的是以后不穷；忙也不算什么，要忙得充实、忙得高效、忙得有收获。

从"众奴"的队伍中逃离出来，如果职场不如意，在30岁前就当是"魔鬼训练营"，练就一身耐压本领，继续前行。

城市的生活节奏越来越快，"零帕精神"指引着我们走出穷忙的漩涡，过一种自在淡定的新生活。

05

你被"虚荣心"绑架了吗？

虚荣心，令人抓狂的零帕杀手。它会促使你不顾一切地去追求表面上的光鲜照人，在得到那些暂时而又虚假的肯定时，内心却要承受巨大的压力，以及空虚带来的寂寞。

虚荣同时又是一种被扭曲了的自尊。每个人都想活得潇洒，活得轻松自在。然而，处在缤纷的世界中，自尊心却常常受着欲望的支配，来满足自己的虚荣心。但这一切过后，却终将为自己的虚荣而买单。

测试：你的虚荣心有多强？

1.对于第一次见面的人，最想打探到对方的什么？

A.职位、薪水

B.学历、家庭背景

C.无所谓

2. 很少旅行，一旦出发，就一定要住一流的旅馆？

　　A. 是的，一流的旅馆，一流的服务

　　B. 如果有能力会住　　　　C. 太奢侈了，不会考虑

3. 你有很多照片，你会经常一遍遍地翻看吗？

　　A. 经常翻看，自我欣赏　　　　B. 偶尔看

　　C. 没有很多照片

4. 逛街时，路过橱窗，你会欣赏一下自己的身影吗？

　　A. 会的，常看

　　B. 看心情啦，心情好就欣赏一下

　　C. 不会

5. 购物时，对那些喜欢的品牌欲罢不能，信用卡透支也要买回来？

　　A. 会，喜欢的就要买下，不然会后悔

　　B. 一般不会，除非特别喜欢　　　　C. 绝对不会透支

6. 你经常浏览奢侈品网站？

　　A. 是的，这是我的一大爱好　　　　B. 偶尔会看

　　C. 不会看，反正也不会买

7. 为了更加漂亮，你会尝试整容手术吗？

　　A. 会，我已经做过了　　　　B. 想过

　　C. 不会

8. 你会夸大自己亲朋好友的实力以博得别人的美慕吗？

　　A. 会，我善于发现他们的优点

　　B. 实事求是

　　C. 不会

9. 你希望自己拥有一些听上去非常有身份的头衔吗？

　　A. 当然希望，并且会为之努力

　　B. 希望　　　　　　　　　　C. 还是务实点好

10. 非常在意别人的评价？

　　A. 是的，会影响到我　　　　B. 不太在意

　　C. 走自己的路，让别人说去吧

测试结果：

答案： 选A得5分，选B得3分，选C得1分。

10～23分： 你的虚荣心强度最低，对周遭的流行趋势和事情并不关心，但这并不是什么好事。生活在繁华的都市，如果你已有"看破红尘"的心态，那么你越来越远离社会主流，边缘化使你产生莫名的孤独感和被排斥感，心理压力也未必会小。为了自己和家人，还是努力去奋斗吧！

24～37分： 你是个虚荣心不怎么强的人，但偶尔也会花钱给自己购置一些奢侈品。同时，你又是一个相当理性的人，所有的花费都会控制在你自己的经济承受范围之内。但是，你不愿认输的个性，会促使你把自己装扮成"光鲜亮丽"的样子。其实，你大可做回自己，没有必要为了面子而迎合别人的口味。放轻松，这才是你最明智的选择。

38～50分： 你的虚荣心极强，且处处表现出争强好胜的样子。也许你自己并未发现，你喜欢把自己置于主导地位，希望成为中心人物。你常常为了得到别人的称赞而不惜重金打造自己。可是，长久下去，这样的"面子工程"越来越多，也越来越难，你将会不堪重负。虚荣心带给你的除了满足感，就是无尽的压力。

"面子工程"最累人

从鞋子到包包，从手机到笔记本电脑，从写字楼环境到娱乐消费场所，从住房地段到交通工具的选择……这一切，看似与工作不相关的"细枝末节"，可对于一个办公室白领却彰显着个人的品位与档次。

这是一个注重包装的年代，没有好的"行头"，哪会迎来别人的艳羡与尊重？

当然，正是这些"面子工程"，带给了我们莫大的压力。

要命的装扮

逛街似乎成了职场女性最常用的减压手段。购物时，眼花缭乱的商品不断地吸引我们的注意力，即使不买，也可以饱饱眼福。当然，大多时候还是会经不住诱惑，买来一大堆当时十分中意回到家却发现没啥用处的东西。

当你回过神来才发现：工作中的压力刚下眉头，因购物而产生的经济危机又造成新的心理压力。

在疯狂采购的时候要切记：冲动是魔鬼。一定要注意一下自己的实际支付能力，别一不小心成了"负翁"。

对李丽来说，每个月中最难熬的就是那青黄不接的半个月。上个月的工资早被她挥霍殆尽，这个月的工资还没发下来。

月收入3000元左右在二线城市已经算是不错了。可是，李丽的钱却总是不够花，常常拆了东墙补西墙。

虽然经济实力还未到达金领水平，但消费观念和行为却早已向他们看齐了。买衣服到新世界，出差坐飞机商务舱，旅行住五星级酒店，买最新款手机，到国外度假……看到办公室里有人买了一条上千元的裙子，李丽就会盘算着也买一条；同事买了个大牌包包，她知道后马上在网上搜集这一品牌的信息。

虽暂时赢得了面子，却常常折了里子。捉襟见肘便会向好友求救。好友看见她买来那么多天价的东西，相当不理解："老天，你买这么贵的衣服！穿到哪里呢？何必呢？"

当然，对于奢侈品来说，如果你的经济实力真的能够达到，无可厚非。但实际上，大多数人仅仅是为了攀比而强撑着面子去"包装"自己。这样做，不但浪费自己的精力与财力，还会给自己增加更大的经济负担。

要想生活零帕，首先拒绝那可怕的虚荣心。其实，真正会生活的人，真正能赢得尊重的人；常常是不需要通过外部的着装来给自己"加码"的。

化妆品依赖症

对女人来说，20世纪最伟大的发明绝对是化妆品。再华丽、再昂贵的服装也有落伍的时候，你不得不把它束之高阁。而拥有一张百看不厌的脸，即使穿上最平常的衣服，也依然魅力无限。

化妆品，它在着力突显你优点的同时，还会巧妙地将你的缺点掩藏。只需短短几分钟，你便可以从"丑小鸭"变成"白天鹅"。

也正是化妆品，不经意间增大了你的心理压力。在这个处处讲品牌的年代，化妆品也悄悄进入了奢侈品的行列。你不但会为了天价的化妆品而

纠结，还有可能陷入"化妆品依赖症"的漩涡之中。

"如果不化妆，我会觉得自己像没穿衣服一样，没有自信，没有安全感。"朱苗对化妆品"情有独钟"。

5年前，因为一场车祸，朱苗的左脸上留下了一道疤痕。5年过去了，这道印迹悄悄消失，几乎看不见。可是她仍然保持着每天使用厚厚粉底的习惯。对于朱苗来说，要想出门，最起码也要打上粉底，再涂好口红，抹上睫毛膏。还不时拿出镜子照一照，只要发现一点瑕疵，她都要赶紧扑几下粉随时补妆，希望别人眼中的她永远漂亮。

尽管丈夫常对她说，她不化妆也很漂亮。可是，她仍然坚持让老公走在自己的右侧，连睡觉亦然。

要选择适合自己的化妆品，朱苗不得不关注各种化妆品的相关信息。看到描述极具诱惑的新产品，她一投千金，连眼都不眨一下，久而久之，她家不但囤了很多根本没用过的产品，而且毫无节制的购买习惯让她常常处于经济困窘的状况。

她的安全感大部分来自于化妆品，这样的依赖让她疲惫，无法过轻松自如的生活。

现代女性在办公室里也能够独当一面，像男人一样"厮杀"。化妆则是她们应对外面世界的"面具"与"武器"。比如，中国女性偏爱口红，因为它可以凸显自己嘴唇的丰满与性感；日本女性喜欢粉底遮住偏黄的肤色，脸部的粗大毛孔、痘印；欧美女性则偏爱睫毛膏，又长又翘的眼睫毛把欧美女性的面部轮廓表现得更立体。

对化妆品极度依赖的人很难放松自己。当你在塑造一个完美自我形象的同时，也为自己建立起了一座巨大的"压力城堡"。你把所有的安全感都寄托在了化妆品上，一旦脱离了化妆品，你的城堡也会轰然倒塌。你的心灵就会经历一次严重的动荡和冲击。

为了能够一次性解决那些通过整容看似很"严重"的问题，不少爱美的女性不惜花重金、承受巨大的风险，完成"美"的蜕变。

找的不是工作，是面子

谁不想衣着体面被人尊重？谁不想在高楼大厦享受舒适的工作环境？

可是，面子是一回事，现实又是另外一回事。"面子工程"绝不是一道简单的算术题，把身上的名牌一加，把公司的光环一扣，就可以完美诠释自己的价值。

为了面子，而放弃更好的发展；为了面子，舍弃轻松自在的生活，都是不值得的。千万别让面子给自己徒增莫大的压力，也别让虚荣心毁了你的生活。

毕业6年了，紫琳不知道已经换了几家公司了。转眼就要"奔三"了，身边的朋友、同学结婚生子，事业处于上升阶段，而紫琳却天天忙于寻找新工作。

工作遇到一点点挫折或者看不惯同事、领导的行为，她便会毫不犹豫地辞掉工作。然后，没完没了地发简历，再没完没了地去面试。她喜欢说的一句话就是："××公司啊，我在那儿干过。"说话时的神情仿佛就是自己能力超群，所有公司非她不用。

紫琳有一次选择了离她家有4小时路程的一家世界500强公司，而放弃了离她只有20分钟步行便到的一家知名民企，即便这两家给的待遇差不多，有可能民企的发展空间更大，她宁舍近求远。紫琳把路上的拥挤耗时

等问题吞到肚子里，而只图那家500强公司的牌子，在外面一提起公司，就兴奋得不行，洋洋自得。可是每天花在路上的时间太耗人了，她没干3个月，又嫌路远，再次离开，投向下一家。

她每份工作都做得不长，试用期还没过，就跳向下一家。这样频繁的辞职，让她的职场生涯走了不少弯路，可她一点儿也不在乎。

紫琳永远都在跳，却从未想想采取什么方法不跳；她永远都在找工作的路上，却不是在去上班的路上。

毕业时都会面临着许多选择。你最看重的是什么？薪酬、福利、公司知名度、工作契合度、公司提供的发展平台……

亚军两年前大学毕业后幸运地进入到了一家公司工作，他的公司落户于广东的一幢甲级写字楼，而和他一起毕业的小珂却在一家电脑城里当"跑堂"。

亚军每天在写字楼明亮的大堂中进进出出，有时还和朋友在钢琴吧里喝杯咖啡。但是，他的收入也仅限于维护他白领的形象：那些干净的衬衣领带只不过是虚有其表，他每天仍要在上下班高峰期挤地铁，中午要与其他"打工者"一起在小吃店里吃午餐。

而小珂虽在电脑城里当搬运工，与客户交谈，学习经营之道，两年后创业小成的小珂却张罗着买房、买车。显然，这对于月薪2000元的元亚军来说是想都不敢想的。

面子，到底是什么东西？是选择时的障碍，是在外人面前无法正视的自卑。

面子，不同于尊严。尊严，不需要伪装，更不需要刻意营造，却能让别人叹服。

"死要面子活受罪"就是对爱面子人的一种嘲讽。为了得到他人短暂的认可，不惜舍弃大好的发展机会。这其实是自欺欺人的做法，到最后所有的苦果还是要自己承担。

面子，是通往零帕的最大障碍——它让你心态失衡。

一不小心就被欲望点了穴

每每为了工作日以继夜地加班，周末抛下妻子和孩子去应酬……我们的理由总是：生活艰难，压力比山大。

可是，看到越来越多的人把时间与精力花在炒房子、炒股票上时，你会意识到，并不是生存压力大，而是致富的压力大。而致富的最大动力就是来自攀比：人家的年收入已经是6位数了；我同学的房子可比咱的大多了；同事小丽一条裙子的价格比我一个月的工资还高；看人家老公多浪漫，过节还给老婆送一大束花……

这样的生活，你真的想要吗？你撑得住吗？

别被卷入"拼"时代

"哟，你这钻戒不错啊，哪儿买的？"

"嘿嘿，这是我老公给我定制的，独一无二。"

"听说你老公开公司了？"

"嗯，刚刚才步入正轨，可忙坏他了。"

"……"

身在职场，你逃不开让你羡慕的人或事，有时心里难免会产生阵阵"醋意"。也许，你无意攀比，但还是会被无端地卷入"拼"的行列，被这些讨论搅得心神不宁。

心想自己：在学校拼成绩，进入社会又拼工资、拼地位，结了婚还要拼老公，生了孩子，又要拿孩子来"拼"……什么时候是个头啊。

拼赢了，不是赚来他人羡慕，就是被人嫉妒；拼输了，灰头土脸、一蹶不振。

王婧早上一到公司，就看见丽丽在那秀裙子："我老公刚从香港买的，怎么样？"

"你老公可真有心，肯这么为你花钱。"燕子说道。

"你老公也不错啦，专门从外地赶回来给你过七夕节。"丽丽对燕子说。

……

王婧这才意识到今天是七夕节，而自己男朋友也肯定把这事忘得一干二净了。

下午回到家，男朋友果然忘了。她和男友已经相恋三年，刚恋爱时男友为了哄她开心，还会在圣诞节、情人节给她制造浪漫惊喜。可日子一长，男友就没那么体贴了。

本来王婧也没奢望男友会给自己送什么，只是一大早见到丽丽在那秀裙子，她就撑不住了。男友刚进门，她便委屈地嚷嚷起来："你看人家丽丽老公，七夕节还给她买裙子，还有人家燕子的男朋友，还特意从外地赶回来。你呢？……"

其实，我们该审视的不是我们的生活，而是我们的内心。我们的生活

真的特别不堪吗？真不是，只是在与别人的比较中，你的自我感觉——稍逊一筹。很多时候，我们根本没有在意生活本身，而是把眼光盯在了别人的生活表象上。然后，在反复的比较中进行着自我折磨。

诚然，每个人都希望能过上幸福的生活，不被压力所纠缠。但是，我们又会在习惯中与他们比较，自我加压。

要零帕，首先别盲目去"拼"。给自己的生活定个位，然后把眼光和注意力放在自己的生活上，静静地享受它。

制作欲望考核时间表

你的收入并不算低，可是一不小心就沦为了"月光族"。回想一下，每个月的工资差不多都消耗在那些奢侈品上了。

500元买一个发卡，700元买一支眼线笔，韩国进口的钥匙包，一个月的工资买一双GUCCI的鞋子，两个月的工资买一只LV的包包……看到这些奢侈品，你简直欲罢不能。

你花无数的金钱与精力去打造自己，可是你早上还得喝豆浆、吃油条，上下班还得挤地铁。看到别人羡慕的眼神，你的心里就得到了莫大的满足感。可是你从来不知道别人在背后会如何议论你。

现在，你需要活在自己的世界中，而不是活在别人羡慕的眼光与虚假的恭维之中。是时候给自己制作一张欲望考核表了。

1. 把这个月想要买的东西列一个清单，把你想要的列出来，把生活的必需品也列出来。

2. 把每样东西的价格清晰地标出来。

3. 在每样东西下面写上自己的欲望指数，以及生活必需指数。

自由自在
零帕族

4. 每天看一眼，看看你对这些东西的欲望指数有没有变化，如果有变化，也重新标出来。

5. 到月底你会发现，你对相当大部分东西的欲望指数都改变了。

这样，你就会更加科学合理地控制自己的欲望，不会为冲动消费而悔恨。

听听零帕达人的心声

零帕达人：璐璐
星　　座：处女座
职　　业：自由职业者
心　　声：最幸福的状态，莫过于
　　　　　按照自己想要的方式生活。

两年前，我像其他公务员一样，拥有一份令人羡慕不已的工作，上班喝喝茶、看看报纸、上上网，每月拿着2000元的工资。

直到有一天，我看到对面桌的伯伯，带着老花镜目光呆滞地看着窗外。我的心猛地一震：30年后我不会也这样吧？整天无所事事地度过，难道我就要这样过30年，在同事诧异的目光中，我辞职回家从事我喜欢的文字工作。

我以写稿为生，给一些杂志、报纸投稿，傍晚去舞蹈俱乐部锻炼身体。回到家后，吃过晚饭，便开始写博客，搜集资料和信息。生活过得有滋有味，想旅行，背上背包就可以出发。

投稿多了，渐渐写出点名堂。约稿的也多了起来，收入比当公务员那

时挣的死工资要高很多。但亲朋好友，家人都不太认同：为什么要放弃铁饭碗？其实现在的状态很幸福，莫过于按照自己的方式工作与生活。

零帕达人：秦先生
年　　龄：32岁
职　　业：编辑
心　　声：别人有的，我不稀罕；自己
　　　　　有的，我倍加珍惜。

我有时候真搞不懂女人心里在想些什么。

我在一家杂志社当编辑，职位不高，收入也不高，可不知什么时候，我在老婆嘴里却成了大作家。儿子不喜欢数学，却被她说成对数字极其敏感，是个十足的数学天才。更可笑的是，那个在乡下的岳父，也成了退了休的大学教授。

当然，我不会揭穿她，她说我们是什么，我们就扮演什么。

虽然不知道，她在别人的艳羡中得到多大的快乐，但是，她却常因虚荣、嫉妒而烦恼。

她容不下比她强的人，尤其是女人。身边的女姓朋友，个个被她批得"体无完肤"；就连电视里的女人，也个个不及她好。漂亮的，没她聪明；聪明的，不及她漂亮。她也有拼不过别人的时候——既漂亮又聪明的。她会为了一句话、一件不值得提的小事而烦闷，在我看来，这简直就是自我折磨！

她的丈夫我却活得相当自在。别人有的，我不稀罕；自己有的，我倍加珍惜。生活相当惬意。

06

即使当不了主角，
也要做个有型格的咖哩啡

测试：你的配角心态？

1.即使是承担配合的责任，你依然会高效地完成工作任务？

　A.是的，我先做好小事，以后才能做好大事

　B.无奈，不想做，但是也没别的办法

　C.烦死了，这点小事还要我来做

2.你在什么状态下效率最高？

　A.一个人，但不完全封闭的空间　　B.独自一人的完全封闭状态

　C.人很多的开放环境

3.老员工招揽了一些份外事，你会？

　A.能帮就帮，反正闲着也是闲着　　B.有些为难，但也不好意思拒绝

C. 直接拒绝，又不是我的份内事

4. 你在公司的着装风格是怎样的？

　　A. 比较随意的着装　　　　　　　B. 职业装

　　C. 能穿便装，就不会选择职业装

5. 如果有同事给你取绰号，你会？

　　A. 只要不是恶意，便不太在意　　B. 随他们去吧，不太关心

　　C. 一群无聊的人，最烦别人给自己取绰号了

6. 当你去一个派对，发现自己的穿着不及别人时尚，你会？

　　A. 管他呢，玩得高兴最重要　　　B. 找个机会，悄悄溜走

　　C. 直接就走，不想再丢人

7. 拜访一位老朋友，只知道地址却不清楚怎么走时，你会？

　　A. 边走边问路　　　　　　　　　B. 自己查看地图

　　C. 直接叫出租车

8. 公司给你安排了一个搭档，你希望他是一个怎么样的人？

　　A. 活泼开朗的人　　　　　　　　B. 诚实正直的人

　　C. 慷慨而不拘小节的人

9. 你会把哪些照片放在你的办公桌上？

　　A. 亲友的合照　　　　　　　　　B. 风景照

　　C. 喜欢的明星照

10. 工作午餐你通常会怎样吃？

　　A. 三五个同事到附近小吃店一起吃

　　B. 自带便当，然后分享不同的家庭美味

　　C. 一个人想吃什么就去吃什么

自由自在
零帕族

测试结果：

答案：选A得5分，选B得3分，选C得1分。

37～50分：灵活的乐观者

你拥有阳光心态，即使在职场上只是个小角色，整天做着打杂的工作，依然能够保持好的心情。你并不是不追求上进，而是能够很好地调节自己的心情，于平凡的生活中发现乐趣。你是个极易融入团队的人，你幽默、大度、勤快……总之，你是个受欢迎的员工。

23～36分：稳定的中坚派

你是一个能掌握、拿捏好平衡的人，不会被新鲜的或是不安的东西冲昏头脑。你总是那么冷静而理性。在职场中虽居配角地位，不免让你心有不快，但在还没有找到好去处之前，你会忍耐，寻找时机。当然，这样的生活，让你提不起兴趣，但也没有办法，只能等待。

10～22分：傲慢的孤独者

现实职场中你一定是一个颇受争议的人物——你不甘于平庸，但目前的处境却让你不能大显身手。你大胆而直爽，同时又喜欢以自我为中心，这样的结果往往是别人对你必须"小心翼翼"。过于直接的性格会让你走不少弯路，也会让你失去一些朋友。职场之中，孤独者的日子未必快活。所以，调整心态，重新定位自己，融入团队环境之中吧。

配角怎么了，我乐得轻松自在

周星驰的《喜剧之王》里有这样一句话："临时演员也是演员，虽然

你们是扮演路人甲乙丙丁，但是一样是有生命、有灵魂的。"

再美的鲜花也需要绿叶来配，再好的马匹也需要好鞍来装扮。每一个职场人都渴望展现自己的价值，但是职位有高低，分工有不同，做片默默无闻的"绿叶"，未必就不能实现自己的价值。

宋玉铭可以说是职场版的"007"。一米八多的个头，高大却不臃肿相当有型；说一口流利的外语，却不张扬；跟随老板出门，必要时既能当司机，餐桌上还能帮老板挡酒……虽只是一个秘书，但他活得却相当有滋有味。

起初朋友们都劝他："怎么不换个工作？何必这样整天鞍前马后帮别人打杂？"

玉铭也想过，秘书的位置永远是配角，永远是陪衬别人的绿叶。看着别人一点点从底层熬出头，成就一番事业，而且个个有了自己的秘书，他也十分心动。

可是转念一想，在秘书这个岗位上也挺好的。身边的朋友，有的下海经商大赚一笔；有的熬出了头，升到一定的级别。但他们最缺的就是时间，为了工作他们抛开了家人，不惜付出自己的健康。而他们最不缺的就是压力，整天被压力困扰，心情烦躁，金钱再多、职位再高，一面对压力就束手无策了。

他现在的工作就是与领导和同事沟通，做各部门的协调工作，他还成了老板背后的"智囊"……这些都让他很有成就感。

收入不比别人少，烦恼不比别人多。压力，更是无法困住他。比起那些主角，他还是更喜欢现在的配角。

配角怎么了？配角也有配角的精彩！在配角的位置上，照样可以实现

自我价值。

赏花，我们常常惊诧花朵的美丽，而忽略了绿叶的陪衬。不过，花期很短，为了这精彩的一瞬，它需要长时间酝酿。而叶子则不然，它不怕风、不畏雨，可以经过长长的四季。是做花还是做叶子，完全要看自己的取舍。在适合自己的位置上，活出自己的精彩。

主角，有主角的难处；配角，有配角的精彩。主角因为太过耀眼，需要接受各方的考验，总是要好上加好，一松懈则容易摔下来。而配角，依然可以做得很好，在自己的一亩三分地演得出彩。

此时的你，如果因为处于配角的位置而闷闷不乐，不妨想想自己做配角的快乐之处：你没有那么大的压力，你不会招来他人的嫉恨，你有足够的时间与家人相聚，你的才华可以在现有的平台上展示……

职场配角 "咆哮" 有方

"咆哮体"在现今的各大论坛和社交网站上迅速走红。如今，不仅压力过大的高考考生纷纷用起了"咆哮体"来发泄压力，职场人士也纷纷发帖在网上"咆哮"。"高考咆哮"、"考研咆哮"、"求职咆哮"、"升职咆哮"、"加薪咆哮"……总之，无处不"咆哮"。

从"伤不起"到"有木有"，将所有的压力都倾泻出来。在职场中，你"咆哮"了吗？

"白领一族，你伤不起啊！每个月的工资，交完房租、水电、煤气费、物业费、公交费……钱就真的是白领了啊，有木有！"

"上班族你伤不起啊！每天上班要打卡，迟到一会儿就扣工资有木有！聊个天还要担心被上司批有木有！上下班挤车，被挤成咸鱼有木有！"

"咆哮体"这种带有恶作剧式的情感宣泄，带给我们更多的是轻松一笑，起到减压放松的功效。但不可真的不分场合地咆哮，不但不能减压，还会给自己带来不必要的麻烦。

郁闷、焦虑、烦躁等消极的情绪在体内淤积到一定程度，是一定要通过某种方式发泄出来的。但是，减压不能完全指望发泄，还要使自己变得坚强、豁达、开朗。

对小西来说快乐是什么？快乐就是零负担。

每天上下班是小西相当纠结的一件事情。在你挤公车或是挤地铁时，都需要莫大的勇气与意志力。拥挤的车厢里，没人会"怜香惜玉"，也不会有人在意你的衣服是不是花了半个月的工资买来的。他们依然会拿着油唧唧的油条，一股脑儿地挤上去。

到了公司，那种"呼风唤雨"的工作永远是别人的，而小西则是被"呼来唤去"，小西不爱计较这些，依然每天乐呵呵地工作。

关于升职加薪这类事，小西不是不想，而是不急。遇到不如意的事情，她有一套自我安慰方案。

首先，告诉自己——"是你的，别人抢也抢不走；不是你的，你怎么想也得不到。"

接着，看淡它——"什么都是浮云。只要你不在意它，坏的情绪就无法拿你怎样。"

最后，做点自己喜欢的事情，犒劳自己——"我的工作，我做主；我

的快乐，我来定。"

"咆哮体"这么新潮的事物，小西自然不会错过。遇到不开心的事情，她就会在网上发一通"咆哮体"。看到有类似遭遇的网友回复，她心里就会产生莫大的安慰。"原来我不是孤身一人，还有这么多的姐妹们跟我一样。"

当然，"咆哮体"仅供娱乐而已。

行走在职场，或多或少都会遇到一些不开心的事情。如果你还是个小角色，那你就可能做更多琐碎的工作，更多重复性的工作……这一切，可能会让你的工作不那么快乐。但是，小角色有小角色的快乐，只要你善于发现生活，那些简单的小幸福积攒得多了，也会变成大幸福。

快乐其实很简单，压力也绝不是永远摆脱不了。在你的心里装个漏斗，漏掉那些烦恼与压力，留住那些快乐与幸福。

简单的就是最好的

在电影《穿普拉达的女王》中，有这样一句话："当你的生活失控的时候，你的事业就发达了。当你没有了个人生活，你就该升职了。"

当你历尽千辛万苦，过五关斩六将，终于由职场"配角"升到"主角"的位置，你难免会发现自己的工作和当初的设想有着相当大的差距。你的思想被卷入追求"升迁"的狂热之中，而且处于事业上升期的你，总要面临事业与生活上的选择。

你究竟要走一条怎样的路？职场上的得与失，到底应不应该计较？你

Ⅱ 快乐工作，享受工作，哦耶！

生活的走向是朝着原先设想的方向吗？

当一份工作让你失去了自我的时候，你就该考虑自己的职业规划了。我们不应该在追逐幸福生活的同时把自己变为"工作奴"。

有的人是将才，有的人是帅才。如果不顾自己的实际情况，硬要把将才放在帅才的位置上，结果可能并不如意。

子贤在大学时曾有"校园才子"之称：不但写一手好字，而且玩音乐、做主持人也不在话下。

大学毕业前，他便被广州的一家外企签走了。从业务员做起，由于成绩突出，人也聪明灵活，很快就被提拔为部门主管，又过了三年，他晋升为部门经理。

职场之路颇为顺利，他自己也相当知足。可是，前不久的一次同学聚会，让子贤不免有些失落。大学同窗，有些人不甘寂寞辞了职，自己创立了公司，做了老板。当老板和打工者的感觉绝不一样。

七八个年头过去了，子贤已被提拔为副总。而当初创立公司的那些同学，有的成功了，过上了有钱人的生活；而另一些经营不善生活得更加艰难了。子贤在公司一待就是十几年，老板对他也越加器重，几乎把重要的项目交给他。

他的心里很清楚，如果不离开公司，他还要做很长一段时间的"配角"才能转正。但是，在"配角"的这个位置上，他同样实现了自己的价值。他缺乏统领全局的能力，所以不适合创业。他却可以在别人的领导下专注于某一方面的工作。既然这样，何必要去争做"主角"呢？

有的人喜欢轰轰烈烈地去拼、去闯，而有的人喜欢安静地独处一隅。在他们看来：最简单的，就是最好的。

生活就是这么简单。拥有一份淡然的心境，即使没有丰厚的物质，没有灯红绿酒的应酬，但这种简单的生活更能使人看清楚自己想要的是什么。简单才能够快乐，平淡才能够持久。

大千世界，芸芸众生，"主角"的位置毕竟是有限的。如果"配角"的位置可以让我们生活得更简单、更美好，何必去争做"主角"呢？

认清自己，甘做"配角"，也是一种人生的智慧。把"配角"的工作做到极致，同样能够活得精彩，活得有滋有味。

配角的困惑

职场上，每个人都渴望展现自己的价值。就算是做绿叶，谁又愿意年复一年地在夹缝中生长、不被看好还要默默奉献？即使做绿叶，也要有自己的独特风范。

如果你有实力成为"红花"，那就努力争取从边缘走到核心；如果绿叶的角色更适合自己，那也要努力做一片"健硕"的绿叶。

情景一：留守还是转行？

文锦在大学里学的是英语专业，毕业后来到一家小型外贸公司工作。本想着能做些翻译方面的工作，既专业对口，又能锻炼自己。岂料，老板却让她从销售做起，基本工资是800元，靠业绩提成获得额外收入。

每天都与各种客户打交道，还要时时准备着接受打击——在完不成销售任务时，不但没有奖金，还会受到老板的批评。

"都毕业两年了，我有时还要向家里要生活费。"

文锦感到，我已经很努力了，但职场生活怎么还是如此狼狈与辛酸？

解决方案：转换方向

满心的志向无法实现，渺茫的前途看不清方向。此时，工作对你来说根本不是可以经营的事业，而是为"五斗米"折腰的苦役。

现在，你需要重新审视自己的职业规划，重新给自己定位，找到适合自己发展的方向。

要想摆脱困境，你可以选择在公司内部"跳槽"。基于你对公司的情况比较熟悉，工作环境、企业文化等都已融入，人际关系也已稳定，在公司内部"跳槽"是个比较稳妥的选择。

如果在公司内部无法实现转岗，那就计划着向别的公司跳槽。多搜集一些有利于职业发展的信息，并对想从事的行业做更多的了解，会助你完成"精彩一跳"。

情景二：琐碎如何能出彩？

丽娜大学学的是中文，最初到这家公司应聘时看重的是行业排名，不仅福利薪水不错，还有机会获得培训。

在公司干了两年后，她才发现目前的状况和自己当初设想的一点儿也不一样。她喜欢文学艺术，可工作中哪有艺术可言？整天不是处理后勤工作，就是写一些不疼不痒的报告，或者是枯燥的领导发言。

公司虽有培训机会，都被那些有专业基础的老员工获得了。对于她这个正在成长，最需要培训的新员工来说，总是没有合适的培训机会。

当初看重的薪水也成了她的一块心病：虽说起薪较高，但工资增长的速度太慢了。她所在的部门里，不但升职机会很少，而且随着年龄的增大，也会有被新人替换的风险。

不知情的朋友总是羡慕她能够进这么好的企业，而心里的苦乐只有丽娜自己知道。

解决方案：苦中作乐，发现机会

留给新员工的，只能是一些辅助性的工作。这样的环境中，如何寻找机会？如何发展自己？

给自己一个重新定位。在职场，你是要做"红花"还是做"绿叶"？是要"唱大戏"还是要"演小品"？

接电话、送文件、打扫卫生、后勤服务等都是一些琐碎的小事。做大事的机会实在太少，做小事的机会却很多。但这些小事也同样可以展现出你的才能。

如果你是一个职场新人，不妨先做好身边的小事。于小事中发现乐趣，寻找盲点，成就自我，于琐碎之中放光彩。

情景三：重能力还是重学历？

陈姐在公司里也算是个老员工了，事业稳定，家庭美满的她看似没有什么烦心事，可她自己却觉得压力一天比一天大。

因为入行较早，她积累了丰富的工作经验。可是，她的学历只是大专，而且还与现在从事的工作不沾边。看眼一拨一拨新员工，个个聪明伶俐，而且学历也全在本科之上，她不免有些紧张。

她心里开始盘算着，要不要暂停工作给自己充充电？如果不与时俱

进，补充一下专业知识，说不定不久就会被淘汰掉。

但是，如果花三年的时间去读书，就会丧失掉很多一线工作的经验。到时候，可能连找份工作都困难。

解决方案：边工作，边充电

重能力，还是重学历，不只是刚毕业大学生的苦恼。那些已经积累了不少工作经验，却没有高学历的老员工同样苦恼。

职业生涯，本来就是一个不断学习、不断充电，然后释放能量的过程。如果感到专业知识不牢靠，你可以在工作中充电。当然，这里也有一个误区：认为只有在学校里才能学习。其实，在工作中一样可以充电。如果放弃工作，单单为了一纸文凭，到最后的结果可能把工作丢掉了，而学的理论知识未必能与实际工作联系紧密。

在做决定之前，你需要给自己一个准确定位。找准自己的职场竞争力在哪一方面，自己是否真的到了必须重返校园的地步？

如果自己有时间和精力，不妨试试边工作，边充电。报个辅导班，或是带着工作中的问题去上网寻找答案，这都是在充电。

07.

零帕升职，你有得选

在 职场中，升职、发展似乎是个永恒的主题。要么随波逐流、被动式发展；要么主动出击，打造一个全新自我，把握好发展的主动权。可是，无论你是晋升成功，还是继续等待，你背后的压力总是如影随形。

升职前，我们努力寻求发展，只希望生活能够更加精彩。可是，升职过后，我们的压力似乎更大了，那不是与我们的初衷相背离吗？

如何才能零帕升职？如何才能轻松自如地行走职场、享受生活？这才是我们应该注意的问题。

测试：你的升职欲望指数

1.你会经常与领导沟通吗？

    A.是的，让领导看得到我   B.有时会，适情况而定

    C.不会，我是个很低调的人

2. 你的工作时间比别人长吗？

   A. 是的，我常主动加班

   B. 别人都加班时我才加班

   C. 一到点儿就走，从不加班

3. 你和公司最普通的同事关系如何？

   A. 左右缝缘，和公司中的同事关系都好

   B. 一般，不好不坏的样子   C. 没有关注过

4. 即使朋友说了让你不开心的话，你也不会表现出来？

   A. 自嘲一下，一笑而过

   B. 心里会不开心，但面上不会表现出来

   C. 会当场翻脸，马上要求道歉

5. 每天什么时候到公司？

   A. 比上班时间提前半个小时   B. 提前5分钟

   C. 最后一分钟，有时会晚一点

6. 觉得送红包比买礼品更实惠？

   A. 确实，红包更实惠，可以自由支配

   B. 两者都差不多，都是一点心意

   C. 礼品更有代表性

7. 你会很在意自己的着装打扮吗？

   A. 是的，我要把最佳的一面表现出来

   B. 在意，但不会刻意打扮   C. 穿着十分随性

8. 上班前，下面哪一样你一定要随身携带？

   A. 纸巾，化妆品   B. 笔记本，快译通

C.工作证，身份证

9.谈到自己的三个优点，你可以很快说出来？

　　A.会的，对于自己的优缺点，了然于胸

　　B.会想到一两点吧

　　C.我的优点？真要好好想想

10.公司的集体活动，你是？

　　A.策划者　　　　　　　　　B.组织者

　　C.参与者

测试结果：

答案，选A得5分，B得3分，C得1分。

10～17分 很显然，你的升职欲望指数并不高。你的自信心似乎不太足，觉得升职、加薪对自己来说，是件无望的事情。在别人看来，你可能只是个默默无闻的"小人物"，出不了多大的彩，但也不会犯什么大的错误。

18～34分 不想当将军的士兵，不是一个好士兵。对于升职、加薪，你十分向往，并且也为之而努力。但是，你是一个心思颇为直接的人，做事也直接，从不考虑更多。你直来直去的性格，可能会让你在不知不觉中得罪一些人。因此，要想升职，首先要考虑下别人的感受。

35～50分 无疑，你的升职欲望指数最高。你是个有点"野心"的人，有自己的一套想法和做法。对于升职，你也常常当仁不让，机遇一来你就会毫不犹豫地抓住。但是，整日周旋于不同的人之间，而且要做到左右缝缘，真的不是一件容易的事情。一不小心，压力就会来袭。

零帕升职的几道开胃菜

升职，对于那些朝九晚五、殚精竭虑在职场打拼的人来说，莫过于是一件最让人兴奋的事情。事业的发展有了奔头，幸福的生活有了盼头，好日子又多了一份保障……

只是，在你摩拳擦掌、跃跃欲试之际，也会有意想不到的事情发生，比如压力的不请自来，搅扰得你心神不宁，再也不能得心应手地工作。

升职，如果是件力气活，那么零帕升职，绝对是件技术活。需要的不仅仅是过硬的专业能力、左右逢源的人际关系，还要有泰然处之的心态、以及随时"归零"的心理素质。

在公司的元旦晚会上，苏冉的一支肚皮舞赢得了满堂喝彩。华丽的服饰、优美的舞姿，颇具异域风情。就连她自己都没有想到，会把晚会的气氛推向高潮；更让她想不到的好事，还在后面：

表演完毕，换下服装，公司老总John亲自端起酒杯向她敬酒："表演很精彩！公司需要的不仅是有能力的员工，还需要有活力、有感召力、有魅力的人才！"

老总的这句表扬，对于苏冉来说意义十分重大。因为，就在一个星期前，她们所在的部门主管刚被挖走，有能力竞争这个空缺岗位的，除了她还有和她一起进公司的王瑞。

论资历、论业绩，两个人可以说是不相上下。苏冉个子不算高，长得有点像台湾知名影星大S，性格平易随和；而王瑞的性格则比较直，说话、

办事风风火火。

私底下同事们都劝苏冉努力点，毕竟谁都想要一个脾气温和的领导。

"苏冉，你还不抓紧点，听说王瑞已经私底下'功夫'了。"

"苏姐，该表现的时候就得表现，不然机会就没了。"

最后，苏冉稳坐部门主管的位子，谁也没想到，她是赢在了自己的魅力上。

我们并不提倡"厚黑"，但是职场中为了获得晋升而费尽心思的人并不少。这些人在获取"有晋升位置"的信息后，不是满脑子想"计谋"，就是小心翼翼地观察有力竞争者的动静，其实还没有"开战"，自己的心里就先乱了阵脚，被压力团团围住，怎么可能有取胜的可能？

其实，大可不必这样，越是轻松，取胜的可能性越大。如果还没有升职，自己就先被压力围困，那不是与升职的初衷相背离吗？

面对升职，不奢望，顺其自然；面对薪水，不强求，平静地等待收获；面对压力，不逃避，理性、科学地摆脱。

测试：你有升职综合症吗？

1.在升职前，总把个人的利益看得高于一切，十分在意个人得失？

　A.十分在意，只要有小小的疏忽，就有可能与机会失之交臂。

　B.很在意，但会选择忍辱负重

　C.没什么大不了，塞翁失马，焉知非福？

2.当由于自己粗心酿成大祸时，你会？

　A.管它呢，没人敢把我怎么样　　B.这下完了，升职无望了

　C.下次一定不能再这样了

3.听说领导提拔的可能不是自己，你会？

　　A.怨恨领导，想办法抵毁他　　　B.不提拔就算了，随他去吧

　　C.领导一定有他自己的想法

4.升职前，你会如何对待与你势均力敌的竞争对手？

　　A.感觉对手很讨厌，联合同事排挤他

　　B.多一事，不如少一事，谁也不干涉谁

　　C.光明磊落，公平竞争

5.发现领导有意偏向竞争对手时，你会？

　　A.寻找证据，想办法把事情闹大　　B.这下没戏了，退出竞争吧

　　C.不到最后，就还有机会

测试结果：

　　答案：选A得5分，选B得3分，选C得1分。

　　5～11分：升职前，你的状态很好，心态也很平和，有大将之风。既努力去争取职位，也不汲汲于暂时的得失。这样泰然自若的心态，一定会给你的职场带来好运。最可贵的是，无论升职与否，你都能做到"零怕"。

　　12～18分：你是个性格温和的人，不太喜欢争强好胜。面对竞争，你会努力争取，但是由于种种原因，总是显得有些不够自信。你不会轻易挑战领导的权威，也不会做"出头鸟"，惹是生非。即使升了职，你也是个温和的领导。

　　19～25分：你生性要强，眼里揉不得沙子；而且锋芒毕露，在升职前一定会充分展示自己的才华。遇到不平事，绝不袖手旁观，也正因如此，你的职场生活总是颇为坎坷。因为性格过于要强，你未必是升职最快的，

但一定是压力最大的。

身在职场的你，为了升职而把工作压力越调越大，生活节奏也越来越快，肩上的担子也越来越重。有时，为了博得领导的肯定，不惜加班到凌晨，失眠、焦躁、易怒等一系列问题都找上门来，甚至对工作也产生了厌倦情绪。

更可怕的是，升职的机会来了，你却一直不在状态。对于个人的得失万分计较，平时相处得挺好的同事，现在也觉得厌烦，情绪变得紧张，行为开始失控。工作中开始频繁出现差错。你越想调整，情况却越不好。

如何才能走出压力的围困？如何才能摆脱"升职前综合症"？如何才能轻轻松松实现"零帕升职"？

零帕升职开胃菜之一：修炼"敌不动我不动"的定力

禅宗有云：风也没动，帆也没动，是心动。

你所看到的这个世界，你所做出的反应，均来自于你内心的想法与驱使。因此，要想零帕升职，除了要有一个比较轻松的外部环境，更要有一种悠然自得的心态。

看到竞争对手这个月的业绩又超过自己了，看到领导又单独约他谈话了，看到他和别的同事谈笑风生……你的心开始紧张起来，难道领导更看重他？难道同事们也在支持他？……

于是，你的心开始烦躁起来。敌还未动，你已乱了方寸。这样，你在一开始就输了，不但会输掉本该属于你的升职机会，还会输掉宝贵的愉悦心情。

零帕升职开胃菜之二：注意你的忠诚度

"这个周末又要加班，公司怎么回事呀！"

"别的公司还有休假，比我们的福利可好多了。"

"什么都在涨，就是工资不涨，干脆辞职算了！"

在职场中，爱发几句牢骚的人不少见，即使他内心根本没有打算离开公司，也会偶尔让嘴巴痛快一下。这样的结果，无意中就会给领导造成这样的印象：你对公司缺乏忠诚，可能会离开 。

试想，谁会提拔一个对公司不够忠诚的员工呢？随便拿"辞职"发牢骚，不但会让你成为升职"绝缘体"，还会给你带来不必要的麻烦。

零帕升职开胃菜之三：相信榜样的力量

在寻求晋升的过程中，你可以参照一下公司内部其他员工的成功案例。留心观察一下，他们是如何不动生色地获得领导注意的，他们又是如何积极工作的，如何提出建设性意见和想法的，以及如何处理压力的……

然后，做一下分析比较，找到你与他们之间的差距，看看自己要在哪方面恶补一下。在提升自己的时候，一定不要过于张扬。如果大肆展现自己晋升成功，急于树立个人威信。只会让以前的同事对你扭转印象，而且还可能无意中给自己树敌。

当然，你不必刻意追随、模仿，但你要知道，如何做才能更有发展前途，而且合作愉快。

零帕升职开胃菜之四：展现你的魅力

职场竞争，不仅要有实力、有潜力，更要有魅力。要想零帕升职，你不仅要有一套条理清晰的工作方法、大方得体的人际关系处理方法，还要有与众不同的人脉积累。做事让老板放心，受同事好评，再加上与众不同的才华，你就是职场"万人迷"。

职场也是一个"以貌取人"地方。在面试时，与客户会面时，只需30秒，对方已在心目中给你下了一个"最终判决"。因此，要提升自己的魅力，除了要有外貌的装扮，还要修炼内部的才华。你的一个手势、一句措词或是一个微笑……也许这些就决定了你是否会被提拔。

据调查，很多身居高位的领导都有一个共同的特点：他们看上去像个领导。其实，这就是所谓的"职场魅力"。

寻找属于自己的平衡点

不想当将军的士兵，不是一个好士兵。在职场中，有点野心未必是件坏事，但是，如何在自己的"升职欲"与"压力"之间找到一个很好的平衡点，做到既要升职、加薪，又能畅快自如地生活，这才是我们应该追求的生活状态。

升职本是一件好事，心想着终于守得云开见明月了，可曹敏却怎么也高兴不起来，这一小小的变动，把她的生活一下子搅了个底儿朝天。

130

II 快乐工作，享受工作，哦耶！

自从老总宣布她成为部门主管的那刻起，平时对她笑脸相迎的同事，开始有意地回避她，而且看她的目光也不似平常那么柔和。和她同级别的那些中层领导更是看她不顺眼——论资历、论业绩，个个都比她优秀，可是看到曹敏这个工作还没几年的新人跟他们平起平坐，也难免有一些不舒服。

为了缓和新晋升后的人际关系，曹敏放下领导的架子，而且还主动帮大家做些工作。不管别人买不买账，先做了再说吧。就这样，除了做好自己的工作外，曹敏又增加了不少额外的活儿，经常加班加点。

刚开始，老公还能理解，可时间一长，矛盾也突显出来了——孩子没人接、家务没人做，忙了一天回去了，晚饭也没人愿意烧……这都是升职给闹的。

曹敏就是不明白，升职本来是件好事，可真轮到自己怎么会变成了坏事？

电影《英雄》中，李连杰饰演的无名练就一门"十步一杀"的独门武功，它能够在10步之内迅速致对方以死地，十步一杀，步步惊魂。其实，此招的厉害之处，不仅仅在于快、奇，而在于它以不变应万变，以无招胜有招，出其不意，攻其不备。

在职场中，面对职场压力，"十步一杀"同样可以"以不变应万变，以无招胜有招"的功力将压力消于无形。

平衡之术一：给自己重新定位

压力有两种：一是主动性，二是被动性。在升职前，我们常常严格要求自己，为获得别人的认可而自我主动加压。而升职后的压力多是被动性

131

的，新的职位、新的工作环境、新的视角、新的人际关系……所有的一切都不是自己所熟悉的，因此会有很强的不适应感。

此时，最重要的就是给自己一个全新的角色定位，重新设立目标，一切从"零"开始。简单来说就是重新思考：在这个位子上，我准备做个什么样的人；我的下一站是哪里；如何处理工作中的难题；人际关系是否要重新调整……当这些一条一条地理顺的时候，压力的来源渐渐明晰起来。

一切从"零"开始，带着"归零"的心态，将压力渐渐地化为"零"。

平衡之术二：心态调整，换个角度来感受

一念成佛，一念成魔。一念之间，可能成就你于莲花之中，也可能将你置身于困境之中。

有的时候，危机即是转机。人生最美的风景在转角处。在新的职位，以全新的视角去审视，以全新的心态去感受。

首先，把自己当成下属。用平常心来看待这次职位的变动。试想如果发生在他人身上，你希望他接下来怎么处理。

接着，把下属当成自己。角色转换后，你会更加了解下属的想法，更加准确地急下属之所急。

最后，还是要回归自我，把自己当自己。回归后的自我应该更加善解人意、通情达理，同时还不会委屈自己。在自知的基础上建立起新的自信与从容，更加成熟地与他人相处。

平衡之术三：重新管理时间、情绪、思维

闭上眼睛，理性地反思一下：在新的职位，你有没有手忙脚乱、不知所措的时候；有没有情绪波动大，受环境影响的不良状态；有没有因过于紧张而出错，连灵感都时常罢工的情况……

看来，位子变了，角度变了，一切都要随之而变化。时间的安排要重新考虑了，不但要做好专业工作，还要用时间来管理你的下属。作为上级，你的情绪也常常影响着你的同事、下属的情绪；过于紧张、压力过大，思维都跟不上节奏了。

重新给自己列一个时间表，并不断地实践、改良。其次，多注意自己的情绪，不是有意克制，而是科学疏导。当压力减小，一切步入正轨、顺其自然后，你的思维、你的灵感也都会活跃起来。

平衡之术四：给家庭留出空间

家庭是我们的避风港，我们辛勤工作、努力拼搏，都是为了能够更加幸福地生活：买到你想要的，做你想做的，轻松、惬意、潇洒、自如……

可是，如果你拖着疲惫不堪的身躯回到家里，脑子中仍是工作的难题，压力一直跟着你，从公司到家里，你就会有种透不过气的感觉，而且你的家人也会因为你的烦躁而变得不开心。

现在，你就要主动管理你的压力。注意业余生活，把压力关在家门之外，留出时间与空间，与家人共享美好时光。或交谈、或阅读、或娱乐、或做家务……在琐碎的生活中，获得内心的安宁祥和。

给你的家庭留出时间与空间，就是给自己一个喘息的机会。用自己

喜欢的方式，来建立一种理性、良好的习惯，对自己和家人的身心都大有裨益。

平衡之术五：提升能力，加强沟通

升职后的各种压力大多源于对新事物的不熟悉、不确定。如何做呢？

首先要做的就是努力提升自己的能力，了解你所处的状况，然后观察之前的领导是如何来应对的。在观察与模仿中求得进步。一旦清楚了、熟悉了，那么与之相伴随的压力也就逐渐消弭了。面对压力，逃避是没有用的，只有正视它，并找到根源，采取行之有效的措施，才能一点点地摆脱它。

其次，加强沟通是改善人际关系的第一步。不要试图让一个人把所有的压力承担下来，也不必为了维系关系，而委屈自己，讨好他人。不合理的处理方法，不但解决不了实际问题，还会让自己的压力越来越大。

再次，与领导、下属、同事相处，主动出击，以真诚换真诚。不因绝望而放弃希望，也不因误解而放弃追求。以积极的心态面对，所有的问题都会迎刃而解。

平衡之术六：新官上任三把火

"新官上任三把火"，就是说，在担任新领导职位前，通常都会有一套自己的新管理方式。通过"三把火"，要表明自己的工作方法、展现自己的能力、表明自己的决心，以此树立威望，为日后的管理铺平道路。

你刚到一个岗位，领导对你的信任值与怀疑值就好像翘翘板的两端，随时都有可能发生变动。因此，这"三把火"非烧不可。不但要烧，还要

烧得旺，烧得漂亮，烧得别人心服口服。

当然，在烧这"三把火"之前，一定要了解所在部门的情况、自己下属的性格，并且这"三把火"一定不能与公司的企业文化相背离，否则一切都是空谈。

"点火"时，一定要拿紧要问题入手，不然树立不了威信，在日后的管理中，下属对你言不听、计不从。当然，遇到敏感问题，一定要谨慎为之，一旦处理不好就会引火烧身，导致出师未捷自己先下课。

08

工作压力算什么，
挡不住我快乐的路

测试：你的职场快乐指数

1. 你喜欢现在的工作吗？

　　A. 喜欢　　　　　　　　　B. 谈不上喜欢还是不喜欢

　　C. 不喜欢

2. 你与周围的同事相处得如何？

　　A. 很好，关系很融洽　　　　B. 除了工作，很少交流

　　C. 不太好，感觉很压抑

3. 做事情总要争分夺秒，生怕完不成任务？

　　A. 会努力完成任务，但也会适时休息

　　B. 早已习惯了这样的生活　　　C. 这样快节奏的生活很累

4. 一遇挫折，心里就有压不住的怒火，想发脾气？

　　A. 不会，先想如何解决

　　B. 心里有气，但也不会过分表现出来

　　C. 是的，总感觉别人是针对自己的

5. 虽然已尽力把每件事做到尽善尽美，但领导还是有不满意的地方？

　　A. 有不满意的地方，说明我还有进步的空间

　　B. 不过人无完人　　　　　　　C. 领导是在故意刁难我

6. 下班之后，很难有娱乐的时间，因为心里总装着与工作有关的事情？

　　A. 工作完成后就溜之大吉，和朋友尽情玩乐

　　B. 有时会这样　　　　　　　C. 是的，所有时间都被工作占去了

7. 稍微娱乐一下，就有很强的负罪感？

　　A. 不会啊，工作完成后就应该放松一下

　　B. 会偶尔放松一下　　　　　　C. 是的，总有那么多做不完的工作

8. 觉得薪水与付出不成正比，稍不留神，就会出现经济危机？

　　A. 目前的薪水还算满意　　　　B. 给别人打工，肯定赚得不多

　　C. 总是月月光，而且不知道钱都花在哪了

9. 身体状况也不太理想，经常头痛、胃痛、颈椎痛……

　　A. 整天活力四射，没有这些问题

　　B. 会通过调节，稍微缓解一下

　　C. 是的，感觉自己已经步入了亚健康的行列

10. 想想，自己有多久没有和家人沟通了？

　　A. 天天往家里打电话　　　　　B. 偶尔会打电话问候

　　C. 好久都没时间跟家人沟通了

自由自在
零帕族

测试结果：

答案：选A得5分，选B得3分，选C得1分。

10～23分：职场快乐指数☆

很显然，你对目前的职场生活十分不满意。你的精神压力很大，时常觉得力不从心。在这样的状态下，你的工作满意度极差，根本无法从工作中获取成就感或幸福感。你需要重新审视一下自己，首先调整自己心态，以一颗向上的心来面对生活。同时，你需要重新设计自己的职业规划，找到适合自己的工作以及工作方式。

24～37分：职场快乐指数☆☆☆

你的职场快乐指数一般，和大多数人一样，职场生活喜忧参半。遇到情绪低潮时，你会适时地调整一下自己的状态；遇到压力来袭，你能够很好地应对。但是，这样的生活平淡而缺乏色彩，你做任何事情的积极性都不太高。现在，你需要的是更加阳光的心态，更加有趣的生活方式。

38～50分：职场快乐指数☆☆☆☆☆

你的快乐指数最高，对自己目前的职场环境也相当满意。虽然，你不一定是有所成就的职场高层人士，也不一定是腰缠万贯的富人，但你绝对是一个很会打理自己生活的聪明人。你心态很好，遇事总是会朝好的一面想。没错，你就是标准的职场零帕达人。

适时撒个欢儿

是不是从星期一开始就盼着周末？每天早上起床时就开始挣扎要不要

138

撒个小谎不去上班？生病也比懒洋洋地在办公室消极怠工好啊！

如果你已经悄悄步入职场倦怠期，内心的消极情绪潜滋暗长，你就要注意了：是时候撒个欢儿了！

一不小心，菲菲就成了一家知名旅游公司的员工，她也觉得自己真是一个幸运儿：能从事旅游策划方面的工作，既和自己学的专业对口，又与自己的兴趣相投，还能获得可观的经济收入。

工作三年了，早已熟悉工作环境和流程，也能适应工作压力。目前所有的工作，她已轻车熟路，一切都在平淡有序地进行着。但是，却少了最宝贵的激情，工作越来越没有劲。

"这可是我最喜欢的职业啊！之前自己付出了那么多，现在怎么一点儿都提不起精神来呢？！"

虽是做旅游策划，但自己却从未享受过，总是拼命想着如何做才能让客户玩得更尽兴。想到这里，她首先给自己设计了一套旅行计划，可是怎么看都觉得太程式化，不像是放松，而像是在完成某项任务一样。

"算了，这次要彻底地放松一回了。到底怎么玩，还是留给别的策划去操心吧。"菲菲果断地请好假，并在别的旅游公司报了团。

"真别说，这感觉就是不一样。工作时，再美的风景都没有全心去欣赏。这下，不但赏了美景，还吸收了不少别人优秀的旅行策划方案。"

想逃避加班？想给自己放个假？找什么借口好呢？

谎称姥姥生病吧？呸呸呸！她老人家好好的，再说了她招谁惹谁了，老被瞎编得了这病那病的，缺德吧！

要不就说自己有病吧？可事后还得费尽心机解释半天，如果再被怀疑有意找借口旷工，真是得不偿失。

"两点之间，直线距离最短"。还是别费心思找借口了，干脆说明原因，让自己好好放松一下。如果连放松都得背负着说谎的压力，事后再满心地愧疚，就真的无法"零帕"了。

不会放松，就不会工作。在职场，该撒欢儿的时候，就撒个欢儿。

把快乐穿在身上

如果你只埋头工作，而不注意个人形象，那你就OUT了。要想在职场中崭露头角，活得潇洒自如，精致感与气场是绝对少不了的。当然，这并不是说你一定要花大价钱去打造自己，而你要学会，巧妙地搭配，展现出不一样的你。

纯色装扮虽显气场，但如果总是黑、白、灰，也不免让人感觉压抑。当然，也不能为此而走极端，身上色彩斑斓，仿佛是一个"圣诞树小姐"。

把快乐穿在身上，不仅给人干练的感觉，还可以彰显自己的年轻活力。通过着装来提高自己的情绪，同时也感染周围人的情绪，那么，压力与消极情绪，自然而然就溜走了。

Della怎么也没有想到，自己会因为穿衣得体而加薪。

就在众人大呼工作难找时，Della轻而易举地进入了一家法国公司。法国人的典雅浪漫是出了名的，Della深谙这一点，于是就在自己的形象上下了一点功夫。

Della平时也是一个极其讲究的女孩，在穿衣打扮上也喜欢琢磨。她既不会疯狂地购买大品牌，也不会去买那些廉价的、一眼就能被看穿的仿

货。对于穿衣，她有自己的一套秘诀。

在办公室里，她总是尽量选择裸色系和素色系服装，柔和而不具有攻击性。当然，她还会在小范围内使用亮色作点缀，以打破沉闷，显示出既安静、沉稳又不失活力的个性和魅力。

在公司的一次酒会上，她一袭红色长裙，夺去了不少客户的眼球，再加上她精致的妆容，优雅的谈吐，赢得了不少赞美。连老总也直夸她："你真是个可爱的女孩！"

一套好的行头，不仅给自己带来良好的自我感觉，还会获得你应有的尊重。快乐不仅仅可以由内而外地调整，也可以由外及内地打造。着装得体漂亮，就意味着把快乐穿在了身上。

要想职场零帕，千万别因为服饰而影响了自己的心情。如果真的不知道该如何装扮自己，那就看看周围的人，看看你的领导是如何穿衣的。除了重大的会议外，如果你的同事喜欢比较休闲的衣服，那么你也可以尝试换掉那些一板一眼的正装，让自己看起来不那么生硬；如果你领导更倾向于体现自己的个人风格，比如在长裤套装外，她会在脖子上配一条体现部落风情的项链，那么，你也可以尝试一下比较个性的装扮。

我的"地盘"听我的

一天之中，至少有8个小时都在办公桌前度过。你可别小瞧了这"一亩三分地儿"，麻雀虽小，五脏俱全。偶像的电影海报，时下热销书单，卡通公仔，还有自己"非主流"的大头贴。此外，同事给的小零食、街边

的外卖电话……

当然，除了这些之外，加之越来越多的文件，当把桌面铺成汪洋时，不免心生倦怠。本来就视野不开阔的办公室，加之零乱的办公桌，你的心情就会更加烦躁，工作效率自然就会降低。

果果每天早上都会提前十几分钟来到办公室。

开始工作前，她给那盆绿萝浇浇水，再给小乌龟团团喂点食。

在电影《这个杀手不太冷》里，男主人公莱昂之所以特别喜欢那盆绿色植物，就是因为他不相信任何人，觉得只有植物不会出卖他。当然，果果可没那么酷，她养绿萝完全是因为那么多植物中，只有这盆绿萝侥幸存活了下来。

"都说勤快的人养不了花。唉，谁让我这么勤快呢，仙人掌被我浇得烂根。"

除了绿萝和团团，果果的办公桌的上层还放着迪斯尼经典维尼小趴熊、Snoppy颈枕、还有嘻哈猴、机器猫零钱罐。

说完上层，再接着看下层：除了书、包包、抱枕，就是护肤品、饭盒、茶叶罐。当然，最让果果得意的就是那手绘的茶杯，柠檬色，很鲜艳，上面有果果亲手绘制的小猫咪，看起来很可爱。

悉心装扮工作场所，拒绝枯燥之味，让自己的生活更加美妙，工作也更有情调。

你的办公桌是如何布置呢？

有没有天然的绿色植物来为自己的健康护航？有没有可爱的茶杯来提醒你多喝水美容？有没有可爱的卡通公仔，在你累的时候为你解闷？不要坐等快乐从天降临，动动手，你完全可以营造出一个绿色、时尚的办公环境。

办公桌上的"减压三宝"

1. 盆栽

可别小瞧了花花草草的功效，它们可是最天然的"保健医生"。不但能够吸收辐射，而且还能净化空气，还自己一片休憩的绿色空间。

看着这些小生灵一点点地生长，你不禁会被一点点地感染。看到它又发了新芽，在你悉心顾照下，它就会拿旺盛的生命力回报你。

办公桌上最多的盆栽要数仙人掌了。它不但能够吸收电磁辐射，而且它生命力极强，不用经常浇水。除此之外，还有其他的喜阴植物，对于阳光和水分要求不高，如八千代、纪之川、珍珠吊兰等，也非常适合养在办公桌上。

这些"绿色宠物"不仅是办公室的"活氧吧"，而且还可以缓解眼疾疲劳，让人身心舒畅。

不用花费很多精力与时间，就能轻松营造出好的心情，一心想做职场"零帕达人"的你怎能错过？

2. 零食

都市生活节奏紧张，写字楼里的男男女女们从早忙到晚，如果能在办公桌的抽屉里放些零食，工作间隙吃上一点儿，既补充了营养，又缓解了压力，还能得到小小的愉悦心情。

不过，办公室里吃零食一定不能大张旗鼓，毕竟那是工作的地方。一不小心不但会影响他人，还会影响自己的形象。不要选择那些吃起来声音大、不容易分割、体积大、容易弄脏手的零食。

推荐可以作为办公室零食的有开心果、酸奶、海苔、豆腐干、牛肉干、果蔬片……

如果你是一个酷爱DIY的小白领，不妨在家DIY一些小零食，第二天拿来与同事一起分享，顺便秀一下自己精湛的手艺。

3. "流"言板

一遇到不开心的事情，如果不想讲出来，可以选择写下来，晒一晒自己的心情。

看到公司门口那块本来只贴一些通知、提示之类的留言板，不知被人划出了一块角落，做成了减压"流"言板。爱写什么就写什么，不用署名，不论好心情、坏心情，统统由自己发挥。很快，这些便成了公司现实版的BBS论坛。

于是，突发其想，为何不在自己的办公桌上，也划出一块角落做成减压"流"言板呢？把一天的心情写在便利贴上，然后贴在上面。随时晒晒自己的心情，多有阳光范儿啊。这真是个不错的减压妙招！

经营好你的职场"微假期"

上班时间的"微假期"

用争分夺秒来形容职场的工作状态一点都不为过。为了实现大幸福、大梦想，天天奔忙着。从9点开始，办公室里便充斥着此起彼伏的电话铃声、敲击键盘的"嗒嗒"声、走廊里高跟鞋发出的当当声……去茶水间倒杯水都需要忙里偷闲；上个厕所也需要一路小跑。

然而，到了下午4点，不妨依着自己的喜好，与下午茶来一场浪漫的

约会。一杯柠檬茶加一小块蛋糕，或者一杯咖啡加一小把干果，约上三两个同事，或者干脆把约见的客户也留下来一起享受轻松美妙的下午茶时间，边聊工作边品尝美味。

半个小时的"微假期"，对于忙碌了一天，如同困兽般的职场人士来说，真是莫大的安慰与享受。没有大块的时间、大把金钱去国外度假，享受大幸福，能够好好把握这半个小时，品品美食、聊聊家常，也是难得的小幸福。

下班后的"微假期"

忙碌了一天，踏出公司的大门，你会怎么度过晚上的时光呢？

是约几个朋友去酒吧，还是回到家里习惯性地做个"沙发土豆"或者去各种辅导班里"充充电"？

你呢？你是如何安排下班后的这段时间的？有没有尝试过给自己设立一下"微假期时间表"呢？

每天喜欢做的事情不一样，那么这些事情带给你的幸福指数也会不一样。从现在开始，仔细在大脑里搜索一遍：自己喜欢做什么呢？然后，开始绘制你的"微假期时间表"吧。

喜欢做的事情，如看电视剧、去酒吧、K歌、跳舞、充电、做家务、收拾房间、做手工等。	看电视剧	做家务	跳舞	逛街
写下这些事情带给你的幸福指数。（可设定1~10分，10分为满分）	8分	7分	5分	10分
再写出本周你做这些事情花的时间	5小时	4小时	2.5小时	8小时
你期待下周做这些事情的时间是增加还是减少。	减少	不变	增加	减少

那些最能让你感受到幸福的事情不妨多做，并努力使之习惯成自然。这些看似微不足道的时间一经安排，便可以发现我们用来娱乐，享受生活的时间其实很充足，只是我们从没有认真地注意过。

职场快乐兵法

有不少职场人士，一下班回到家就会在网络上拼命地"晒账单"，然后再一条一条列数领导或同事的十大罪状，接着再痛恨生活的艰辛、社会的黑暗……

而那些看似已经荣登高位、拿着高薪水的职场人士，仿佛也并不怎么幸福。他们不太关注自己的温饱问题，而是把眼光放在了自己的成就上，如何才能成功？如何才能更成功？如何才能轻轻松松地过一天无压的日子？

情景一：

刘朋毕业后便来到深圳打拼，过着朝九晚五的职场生活。每月的工资不算高，但也稳中有涨，可还是抵挡不住排山倒海的花销。

升职、加薪成了他职场生活中的一大课题。看着那些上级领导可以带着全家出国度假、开漂亮车子、住大大的房子……他无比羡慕。可是自己整天忙忙碌碌，穿行在拥挤的街道，呼吸着污浊的空气，这样的生活什么时候是个头啊？

情景二：

明启是某企业的高管，在别人眼里，他年收入不菲，有房、有车，还有出国度假的机会。这样，他一定很享受工作和生活了。

可是，他却认为自己并不怎么幸福，职位越高，压力也就越大，幸福感指数也会越低。

走在"奔四"的道路上，他明显感到身体状况越来越差，精力也不及从前了，而且每天都要在各种应酬中度过，连陪家人吃顿饭的机会都没有。

有时候，他甚至想："回家守着那一亩三分地儿，过几天轻松日子，也相当不错。"

其实，每个阶段都有该阶段的幸福与困惑。幸福指数的高低与你现在所处的职位、工资的多少没有必然的联系。你在羡慕别人时，别人可能也在羡慕着你。幸福，只对那些善于发现美好的人感兴趣。

从现在开始，重新审视自己的生活，调整自己的状态，回归最轻松、最自然的状态。

放慢脚步

有研究表明：女性的主观感受更敏感，也因此更能从小事中感到满足。她们有更多的渠道发泄自己的不良情绪，也就有更多的机会去体会细小的幸福。而那些有"野心"有目标成就一番作为的职场人士，在努力实现目标的阶段，个人的幸福指数明显低于其他职场人士。

这也就是说，要想提高幸福指数，增加生活中的幸福感，首先，你要将自己的脚步放慢。慢慢地生活、慢慢地体会，让自己对美好的事物更加

敏感，这样你就不会生活得太累。

不要太贪心

现在的你也许没有很高的薪水，但还凑合；没有很高的职位，但同事之间关系还算融洽；衣着打扮不是大品牌，但还算光鲜……

如果此时，有人告诉你，会给你一个很好的机会大展拳脚，你可以拿更高的薪水、处在更高的职位，生活品质完全可以上升一个档次……你会心动吗？

当然，这一切似乎都在预示着美好。可是，当你处在那个位置上时，你会猛然发现，这些看似"美好"的背后，隐藏着更多不为人知的"不美好"，那就是你几乎无法承受的压力。

选择性记忆

一个人要想快乐，并不在于得到多少，而在于计较多少。

如果你的脑海里存储的都是一些快乐的记忆，那么，闲暇时间，随时翻阅，你便能随时享受快乐的时光。

如果你的脑海中总是有着挥之不去的痛苦印记，那么，它们也会像不速之客一样随时闯入，搅扰得你坐立不安。

从现在开始，你需要选择性地记忆——留住那些美好的，剔除那些不好的。

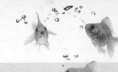

激活你的感情

回想一下，自己有多长时间没有和家人一起吃饭、谈心了。

从前，晚饭过后，你还能陪家人一起看看肥皂剧；周末，还会到公园里逛逛。可是现在，回到家里连说话的兴致都没有了。

你需要激活你的生活，激活你的情感。不要吝啬你的赞美、你的微笑、你的亲吻，这些其实是最好的减压方式。

如果你已经很久没有得到爱情的滋润了，那就行动起来，先让对方感到爱，他才会更好地回报给你爱。

零帕禁区，你别碰

常年在职场摸爬滚打，终日面对着钢筋混凝土构造的城市，再加上紧张而复杂的人际关系，生活的压力一重又一重。

如果你正被压力围困，那就对照一下，看看自己有没有不小心踏入了"零帕"的禁区。要想生活无压，这些禁区，千万别碰。

都怪那温暖的错觉

俗话说：兔子不吃窝边草。这也成了职场人选择恋人的一条戒律。

可是，朝九晚五的职场生活，一天中最起码有8个小时都在一起度过，相处的时间甚至超过了亲人，难免会生出异样的情愫来。再加上，常常为了一个目标而努力，同喜同悲，是友情还是恋情，有时真是一件机缘

巧合的事情。

环顾四周，面对办公室恋情有几人能够独善其身？对照自己，谁又能否定职场不是一块绝佳的情场阵地？

虽说是男未娶、女未嫁，两情相悦、有共同的工作与生活，但现代社会不流行"夫妻店"，事实也证明了，办公室恋情大多是无疾而终、不病而亡。

测试：你有办公室恋爱的潜质吗？

1. 得知老板与女秘书的恋情，你会如何看待？

    A. 很正常，这样的情况多了　　　　B. 恋情可能会很艰难

    C. 难以接受

2. 公司来了个异性同事，你会注意他哪个方面？

    A. 长相　　　　　　　　　　　　　B. 能力与家世

    C. 不关心

3. 与同事除了工作上的合作，私下里还会？

    A. 下班后经常一起玩　　　　　　　B. 偶尔电话联系

    C. 只谈工作

4. 你认为办公室恋情会有怎么样的结局？

    A. 有可能组成家庭　　　　　　　　B. 看缘分吧

    C. 大多不病而死

5. 下班后，同事邀你搭便车，你会？

    A. 很开心，爽快答应　　　　　　　B. 有些犹豫

    C. 借故回绝

6.除了办公室,你最喜欢待在公司的哪个地方?

　　A.茶水间　　　　　　　　　　B.楼梯里

　　C.会议室

7.在工作场合遇到心仪的对象,你会?

　　A.感到不自然,不知道如何是好　　B.赶快把视线移开

　　C.等待对方先打招呼

8.你的QQ/MSN多久换一次昵称?

　　A.经常换,有时一天都换好几个　　B.偶尔换,看心情怎样

　　C.从来不换

9.在办公室听音乐,你会?

　　A.直接用小喇叭　　　　　　　　B.征求周围人意见后,用小喇叭

　　C.用耳机

10.在工作岗位,你属于哪类人?

　　A.喜欢娱乐,有很多绰号的达人

　　B.有"老大"的派头,周围总能吸引很多人追随

　　C.工作能力强,却默默无闻的那类人

测试结果:

答案:选A得5分,选B得3分,选C得1分。

10～23分:你绝对是办公室恋情"绝缘体"。你喜欢把工作与生活分清,工作时就要全身心地投入,要么不做,要做就做好。而且,你也能把同事与朋友区分清,与同事谈恋爱,对你来说简直是一件不可思议的事情。办公室恋情,绝对不会发生在你的身上。

24～37分：你理智看待办公室恋情，不会让自己深陷办公室恋情的困扰。当然，你也会与同事打成一片，闲暇时也会约同事们一起出去玩。但是，你清楚地知道友情与恋情之间的界线。

38～50分：你最具办公室恋情的潜质。你是个十分随性的人，这给你的恋情发展制造了不少的机会。你还是个很容易冲动的人。不管是第一次见面时的致命魅力还是平日里的点点滴滴，对你来说，有着同样等级的杀伤力。

办公室情侣的压力

压力指数：☆☆☆☆☆

职场和情场绝对是两种完全不同的概念，很难完美地融合。

要想零帕，首先让自己的职场生活变得简单。至于办公室恋情，它绝对是零帕的劲敌。如果不是情场老手，没法做到"万花丛中过，片叶不沾身"的境界，就别触碰办公室恋情这一雷区。

在相信办公室恋情前，在对别人付出爱之前，请先爱自己。把自己的工作、生活打理清楚后，再利用8小时以外的时间来经营爱情。

1. 钢丝上跳芭蕾

难度指数：☆☆☆☆☆

办公室恋情下产生的情侣是个十分特殊的群体，两个人只要稍有风吹草动就会惹来议论。也正是由于职场这个大环境，注定了两个人的感情中会掺杂进许多额外的东西。

不少公司明令禁止办公室恋情，在这种情况下，"牵手"更是一项高难度作业。不但要想着如何将保密工作进行到底，还要盘算着如何做才能

够将恋情维系得更久，当然还要把工作做到最好。大脑整日高负荷运转，这样的难度指数无异于钢丝上跳芭蕾。

当然，有人说恋爱就像是一场交通事故，你根本无法预知它会在何时何地出现。当一段办公室恋情忽然降临在你身上时，你一定要想好方方面面的假设，然后考虑自己究竟有没有能力承受所有的负面压力。如果你没有把握，那么千万别"接招"。

2. 零距离的束缚

危险指数：☆☆☆☆

爱情本来就充满了危险，它总是暗含着误解、醋意、偏执、欲望等一系列负面的"活跃"分子。而职场，无异于你争我夺的战场，它讲的是效率、责任、业绩、盈利等一系列现实因子。

办公室本来就是努力工作创造业绩的地方。办公室的空气，通常是枯燥的、苦涩的、窒息的。这里传播的通常不是浪漫的气息，而是"流感"、是"病毒"。在这样的环境中培养出的爱情，谁能保证一定会健康成长，顺利开花结果？

即使你能瞒天过海，悉心呵护爱情的幼苗，将保密工作做到天衣无缝。也难保证整日在零距离的接触中，会持续保持激情与新鲜感。生活圈子小了，精力分散了，两个人交流的话题也会减少。

办公室恋情，不是把两个人变得敏感，就是变得麻木。一个不留神，不是爱情悄悄殒落，就是工作匆匆丢失。把爱情移植到职场的苗圃中，恐怕只会带给自己无尽的束缚，而非浪漫。

3. 言论的翘翘板

失衡指数：☆☆☆☆☆

如果你是个耳根子软的人，千万别尝试办公室恋情，否则你会受尽折磨。

在职场中，总会有喜欢的人和不喜欢的人。如果关于另一半的坏话传到你的耳朵里，你的心里就会觉得别扭；想替他申辩，可又怕悉心隐藏的关系暴露；如果听到一句两句，还不会有多大的影响，如果说的人多了，你真的听信了那些闲言碎语，就会开始重新审视另一半。不信任产生了，你们的感情也就岌岌可危了。

此外，如果你看到你交往的另一半与其他异性讨论工作或者闲谈时，你的心里可能会更加不舒服。嫉妒心开始迅速膨胀，哪怕他们只是工作上的正常交往。特别是女性"小心眼"会不时跑出来作祟。他和别的异性有说有笑时，他帮新来的漂亮女孩处理文件时，他当着大家的面夸赞另一个女同事漂亮时……你的心开始抓狂。

明明知道，这些在工作中都是很正常的，但还是控制不住自己的心。久而久之，心态就会失衡，人也会变得没有精神和动力。严重时不但会影响两个人的感情，还会干扰到工作。

 ## 你是爱抱怨的职场"祥林嫂"吗

生活十之八九都不如意，所以不抱怨是不可能的，但喋喋不休、一直抱怨也是万万不能的。

抱怨是需要讲求技巧的，你可以理智地抱怨，既表达了自己的意见，疏导了自己的情绪，又给彼此留有回旋的余地。

抱怨似乎总是比感恩来得容易。上下碰碰两张嘴皮，发发牢骚，原本是想让自己的心情更舒畅一些，结果越抱怨越觉得自己委屈，越委屈越想抱怨。不知不觉，就走入了一个"抱怨"的怪圈中。

有本书叫做《不抱怨的世界》，书中讲了一种抑制抱怨的办法：紫手环运动。它总在有意地提醒你：一旦想抱怨，就要忍住，忍住，再忍住。可是一味地忍住并不是解决抱怨的根本办法。

不抱怨的职场人未必是"零帕"的，但是，不会科学合理地解决抱怨的职场人一定不"零帕"。

苏沫是典型的O型血白羊座，做事干脆直爽，整天乐呵呵的，她最大的爱好就是吃麻辣烫。

这个周末，闺蜜小瑜又约她去吃麻辣烫。她一猜就知道，小瑜一定是在工作中遇到烦心事了。没办法，就算小瑜有一箩筐的抱怨，她还是硬着头皮去了，谁让她抵制不了麻辣烫的诱惑呢。

"沫沫，你在公司快乐吗？"小瑜看着苏沫乐呵呵的样子，十分不解地问道。

"还行吧。"

"那你们公司有勾心斗角的吗？"

"可能有吧，我也不太清楚。"苏沫夹起一个牛肉丸放在了嘴里。

"那同事会故意背着你讲一些秘密吗？"

"我也不知道。"苏沫头也没抬。

"那你工作中的压力大吗？"

"啊？什么压力？"苏沫一脸专心致志的吃相。吃了一会儿，她放下筷子说："我每天都要高效完成我的工作，然后早点下班回家吃饭，看电视剧。另外，还要看点杂书，写博客，写专栏，随时联系舞蹈俱乐部参加演出。当然了，除了听你们这些'狐朋狗友'发发牢骚，还要给你们做红娘，哪有精力去想那些无关紧要的事啊！"

小瑜一脸的惊讶。

苏沫补充道："不是我潇洒，也别把我想象得那么彪悍。我只是把私底下的抱怨用另一种方式发泄出来了，比如，自嘲、当面开玩笑之类的。"

生活中可以让你抱怨的理由太多了：薪水太少，工作太多，客户总是无理取闹，上级领导的态度让你根本不能接受，下属在背后给你取难听的绰号，被同事议论太抠门……一连串的恼烦，让你数也数不完！

压抑着不发泄出来，会伤了自己；如果发泄出来，说不定就会伤了别人。可见，抱怨也得讲求技巧。

背后抱怨，不如当面讲清

没有抱怨的生活，不是真实的生活。但是，遇到问题，就在背后抱怨，也不是解决办法，而且还有可能被别有用心的人利用，篡改你的真实意图，传得满城风雨，造成同事、上下级之间解不开的心结。

与其背后抱怨，不如当面讲清。把问题摆在明面讲清时，一定要注意拿捏好语言的分寸。不要一直倒苦水，好像自己才是最受委屈的那个人，所有人都欠你一样。只需不动声色地将前因后果表达清晰，让他人了解你的真实意图，孰是孰非就一目了然。

这样，不但解决了你的烦恼，还避免了许多不必要的误会。

不要随便倒苦水

逢人就抱怨，见人就倒苦水，只会让你成为职场"祥林嫂"。过多的抱怨，不会给你带来你想要的同情与安慰，只会让别人对你更加反感。

向毫无裁定权的人抱怨，只有一个原因：你就是为了发泄情绪。在职场中，谁会愿意当你的情绪垃圾筒呢？

当然，即使去找有能力解决问题的人，你也不能开门见山地"倒苦水"。即使感到不公、不满、委屈，也不要把你心里积聚的不满一股脑儿全抖出来。就事论事，过于情绪化只会让别人怀疑你话语的可信度。

先看场合，再说话

当面抱怨是件十分危险的"技术活儿"。一不小心，不但解决不了问题，还有可能把事情弄得更糟。因此，当面抱怨，一定要先看场合。

罗宾森教授曾说："人有的时候是会自然地改变自己的看法的。但是，如果有人当众说他错了，他就会很恼火，而且更加固执己见，全心全意地维护自己的观点。不是那观点本身有多好，而是他的自尊心受到了威胁。"

尽量选择非正式的场合，或是两个私下里交谈。公开的场合，不仅无法给自己留下回旋的余地，也会让对方陷入难堪的境地。

抱怨的质量很重要

人人都会抱怨，可是给你一个公开抱怨的平台，你未必能唱得好这台戏。

要提高抱怨的质量：

首先要减少一天中抱怨的次数。不能事事都抱怨，抱怨得多了，也就让人烦了。

其次，要选对抱怨的时机。如果你感觉到气氛低沉、压抑，就不要再用你的抱怨来增加负面情绪了。

最后，看准了听众再抱怨。你可以用幽默、自嘲的方式把抱怨变得轻松、有趣。这样，不但让对方更容易接受，而且你自己的情绪也得到了宣泄。

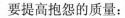

不要被薪水束缚

"欲望很多，薪水很少；包袱很重，肩膀很痛"，这便是当今职场人士的真实写照。为了应对不安定、不可测的外部环境变化，为了享受自己想要的生活，我们的双眼把所有的希望都寄托在了薪水上。

为了薪水，拼命加班；为了薪水，淡漠了朋友；为了薪水，甘愿被压力笼罩。但是，现实的生活总是跟不上欲望膨胀的增长速度。

到底是哪里出了问题？

欲望比薪水涨得快

不是我们的收入不多，而是我们的欲望膨胀得太快。不是我们没有零帕的条件，而是我们主动放弃了轻松自由的生活，心甘情愿地做着各种压力的"奴隶"。

情景一：

胡可在公司已经有6个年头了。他的薪水，从最初的月薪1000元，到现在的年薪10万元，翻了好几番。本想着自己的生活会有很大改观，可是现实并不是这样。

"每次都想着，这次升职加薪后生活质量水平再上一个台阶，换个更高端的电脑、手机，带老婆孩子出国玩一趟。可是加薪后，日子还是一如从前，承诺总是兑现不了。"胡可也找不出原因。

金钱真的是个奇怪的东西，越在意它，就越得不到满足，永远跟着它的后面跑。

月收入1000元时，心想着如果能加薪就可以不做月光族了；收入3000元时，便开始盘算着可以到自己喜欢的餐厅放开肚子，大吃一顿了；收入5000元时，为了满足老婆的需求花掉半月薪水买条裙子……时光在流转，薪水上涨了，可是欲望涨得更快，永远都有那么多不满足。本想着收入提高后，就可以惬意地生活，没想到压力反而更大了。

为了薪水，频繁跳槽

"铁打的营盘流水的兵"，跳槽在职场中已经见怪不怪了。而深究一步，为什么工作做得好好的，要离开熟悉的工作环境？原因之一是为了寻找更好的发展平台，原因之二是寻求高一点的薪水。如果两眼紧盯薪水，只会让自己变得更加急功近利。本希望在短时间内实现人生积累，却往往容易陷入跳槽的怪圈之中，给自己制造不必要的压力。

情景二：

李燕是个标准的职场"跳蚤族"，对于她来说，不是走在找机会的路

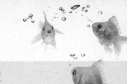

上，就是走在寻求更好机会的路上。换工作就像换牛仔裤一样，履历表上的"跳蚤"经历，能写三大张白纸。

毕业后，李燕就到一家公司做策划，专业对口，老总也很赏识她。公司的环境氛围都很好，时不时还有培训机会，应该算是不错的工作了。

一切都从那次同学聚会开始发生了变化。毕业时同学们都处在同一起跑线上，跑着跑着，就拉开距离了，同是做策划的同学，不少人的月薪都在3000元以上，而她却守着1500元的温饱线。这一比较，便坚定了她要奋力一跳的决心，不管老总如何挽留，她都铁了心要走。

这一跳，便上了瘾，第一次、第二次、第三次……每到一家新公司都要花好长一段时间适应新环境，永远都是"新人"，经验和人脉也都要"归零"。其实，对于应届生来说，积累经验最重要，而别人号称的3000元，可能有一定的水分在其中。

如果不深思熟虑就随意跳槽，可能薪水没涨多少，压力倒会猛增不少。

"天使"薪水，"魔鬼"压力

人人向往高薪，但高薪未必就能让人高兴。

繁华地段，高档的写字楼，衣着光鲜地出入，月收入过万元……这一切都那么诱人。可是，这又像是一座围城，里面的白领们暗地里叫苦不迭，拼了命地想冲出来；而外面的人却又相当羡慕，拼了命地想挤进去。

情景三：

聪丽大学毕业后就进入一家知名外企。6000元的保底月薪让不少人为之心动，再加上加班费、车补等，有时候一个月收入过万。这样的待遇让她毫不犹豫就签了合同，亲朋好友也为她高兴。

可是，职场生活并非如想象的那样。每天加班到零点是常事，而且周末从来没有休息过。一天24小时，有10多个小时都是对着电脑，原本光滑的脸蛋拼命地长痘痘，更可怕的是她的视力也在直线下滑，近视度数越来越高，去医院检查，糟糕的不仅仅是眼睛，颈椎也出现了严重的问题。原本以为有了钱就可以畅快地享受生活了。没想到，办了健身卡，就是抽不出时间去锻炼；有钱去旅游，却一直没有机会去；再高档的化妆品也抵挡不了消灭不尽的的痘痘。工作忙碌与男朋友聚少离多，爱情也亮起了红灯。

聪丽发现，自己的生活一下子乱了，自己的心情也变得烦躁不安，压力大得喘不过气来。这一切，根本不是她想要的生活。才工作了一年，她就有些受不了了，她暗自下决心，跳到一家压力小点儿，哪怕薪水不高的公司工作。

说起"二八定律"应该不陌生，它被广泛地应用到管理、决策、融资、营销等活动当中。而一个人的总收入，在某种程度上，也遵循着这个定律。如果一个人的工作时间是30年，那么他前20年的收入可能是一生收入的20%，而最后10年的收入则是总收入的80%。

那么，你现在还在为你的薪水而烦恼吗？与其两眼紧盯着薪水不放，计较一点点得失，不如选择放平心态，轻松上路。一辈子的薪资积累，就像一场马拉松比赛，前面路程的重点不是快，而是为后面积蓄能量，等待最后的水到渠成。把眼光放在我们需要的高度，那么，我们的压力可能最小，生活最美。

10

事业不顺不要紧，
30岁前就当魔鬼训练营

人的前半生大部分时间都处于竞争中：20岁之前，整天都要面对铺天盖地的作业、考试。就业之后，尾随而来的便是工作压力、同事竞争，以及房子、车子、票子、面子问题……

时代变迁，作为高压下的21世纪新新人类，我们应该崇尚轻松、自由的零帕生活。如果每天都生活得不那么开心，即使拥有了票子又能怎样？心情郁闷了，看看电影、听听歌，让惆怅的心情稀释一下；事业不顺了，不强求，将目光暂且放在别处。30岁前就当作魔鬼训练营吧！

魔鬼训练课题之一：职场冷板凳

大学刚毕业时的曹志明心想：这下可以大展拳脚了，在公司好好地表现自己的才华和能力。

事与愿违。初到公司，他总是被指派着去印印文件、送送资料，偶尔还让他跑腿帮同事订盒饭。部门开会，他自以为不错的建议或意见总是不被采纳，"切，凭什么小李的破方案被老总认可？比起我的差好多啊！真不是公！"

志明心里十分委屈，想想自己在大学里，那也是个响当当的人物。学生会里要举行活动，哪个不先问问他这个学生会主席的意见。可现在呢，被一群人吆来喝去的，真像个"下人"。

越想志明心里越不平衡，"机会都是自己争取来的。我得让领导和同事们看到我的实力。"他在心里暗自下定决心。

一次，公司里组织素质拓展。老板带一队，人事经理带一队，而新人则由志明带着。这些游戏对志明来说真是小菜一碟。上大学时，他常和朋友们参加一些类似的训练。所以，训练中，他上手快，方案制订得也好，直接把其他两队远远甩在后面，看着他们溃不成军的样子，他心里得意极了。

只顾高兴的他，哪看到老板脸色的变化。拓展训练是为了培养团队凝聚力，可志明处处"英雄主义"，素质拓展结束后，老板和同事对他很不认可。

对于刚入职的新员工来说，坐坐冷板凳是常有的事。整日抱怨、消沉，或是急于表现，反而会在冷板凳上坐得更久。调整好心态，找出坐冷板凳的真正原因，并用行动向领导和同事们证实自己。

思考坐冷板凳的原因

也许刚到新环境，不熟悉工作流程，对业务操作不熟练，很难担当重任，才会被安排做一些看似无关紧要的小事；又或者领导明白你有潜力，但是性子急了点，缺乏稳定性，故意把你放在不起眼的地方，好好磨磨你的性子。而你做好这些琐碎的小事，既能快速熟悉工作环境，又能凸显你的耐心、细致，向他人证明自己是个沉稳、有能力的人。

积极蓄势，等待机会

即使你坐在了冷板凳上，并不代表没有人关注你。如果你为此而自暴自弃，与领导对着干，吃亏的只是自己。聪明的做法是：不抱怨，把所有的不满收起来，以一颗淡泊的心来面对，让他们看看你的耐力是如此深不可测。

利用好这段你充电的最佳时期，广泛地收集各种信息，虚心向同事学习，提高自己的业务能力，以此来增强你的实力。一旦时机成熟，你便可以一跃而起，让领导和同事们对你刮目相看。

不能太急躁

如果你不甘被冷落，一心想要大家注意到你：冷板凳没坐3分钟，就想出来表现一下自己，这样很容易弄巧成拙。

有时候，领导迟迟不肯重用你，很可能是想试试你，凭你的态度与能力到底该不该让你坐冷板凳。你猴急地想表现自己，小事没做好就一心想干大事，恐怕坐到屁股结冰也难以有所改观。从现在开始，踏踏实实地做好每一件小事，让他们知道，即使坐在冷板凳，你也能将工作做好。

魔鬼训练课题之二：
受同事挤兑，怎么办

告别校园苏瑞进入职场，希望开辟一番新天地。可是，一切并不如她想得那样简单。遇到紧急情况，她主动申请加班，却被同事说成好大喜功。为了搞好同事之间的关系，她主动买一些食物与同事分享，可依旧不买账。主动向同事询问有什么能帮忙的，却被误会爱逞能。为了调节办公室的气氛，她会讲一些小笑话，但总是遭遇冷场……

苏瑞不明白自己明明已经做得很好了，为什么还是得不到同事们的认同？名校毕业，优异的成绩，出众的外貌，平易近人的性格……这些看似可为她加分的条件，为什么却成了她的职场绊脚石？

职场不同于校园。每个人都希望得到领导的赏识与重用，可领导每天工作那么忙，他看到你的工作努力程度也许很多时候是记在心中不说，但从他日常的行为模式中，能够看出领导对哪位同事更认可，更赞赏有嘉。如果你既有令人羡慕的条件，又工作出色，得到领导的认可。那么，有些人心里难免会生出嫉妒，继而冷落你、排挤你。

职场之中，你争我夺的现象时有发生。升职、加薪，甚至一句口头表

扬，人人都想得到，只是彼此之间心照不宣。

如何才能既在职场平稳发展，又能与同事友好相处呢？

不要太强势

要自信，但是不能过于强势。积极自信必不可少，但在不同人的眼里往往会有不同的解读。

你总认为自己是对的，总是坚持自己的看法。执着是件好事，但工作中听不进他人的意见或建议可在他人眼中看来，你就是在挑衅。而且有的人会因为你的过于自信，再也不敢给你提建议，慢慢远离你。

如果你是个才华横溢的人，那么，你更要隐藏起你的锋芒。在办公室咄咄逼人或是暂时占了语言的上风，未必就是件好事。

更不能软弱

虽说不能太过于强势，但也不能为了讨好同事而放弃自己的原则，也不能一味地忍让而主动放弃自己的权利。

一味地忍让，只会让你的处境变得更加不堪，你的压力也会越来越大。

该拒绝的时候，要敢于说"不"。只要你用对了方式，同事也会觉得你是一个讲原则的人，不但不会小看你，反而会更加尊重你。

如果你实在不知道如何是好，那就让时间来解决吧。把现有的精力放在自己的工作上，真正做出一番成绩，相信周围的同事也会对你刮目相看的。

打破统一战线

当你感到被同事们联合排挤时，不要慌张，也不必苦恼。

一个人的力量毕竟是有限的，以一己之力，去对抗冷落你的那条"统一战线"，只会让你感到身心俱疲。那么，从现在开始，逐一击破，从中找到一个并不怎么敌视你的同事，并主动和他沟通，让他看到你的诚意。

如果你能成功解除其中一个人的排挤，那么"统一战线"自然就会瓦解。

魔鬼训练课题之三：得罪领导

顾小欣是个性子直爽的女孩子，喜欢画漫画，也喜欢唱歌，一到周五下班后，便会约上几个好友去K歌。平日里，对同事也是相当慷慨，每次出差总不忘给大家带回些小礼物。办公室里，哪个遇到困难，她都会上前帮一把。

但是，她口无遮拦的习惯常会惹出一些不必要的误会或麻烦。私下里给主管取了个"老顽童"的绰号，本不是什么恶意。可巧，正在她跟同事说笑："老顽童的这件花衬衫真够个性的……"不想，主管正好走进来，正巧他身上正穿着一件花衬衫，他一下子明白了"老顽童"就是在说他。

主管是个40多岁的人，肯定不算老，但与这群20多岁的小青年比，显然大了点。

小欣当时尴尬至极，如果当面解释，就会越描越黑。

"管它呢，随它去吧，过两天就好了。"小欣心想着，便埋头工作了。

过了几天，一切果然恢复了平静，小欣发现，领导还是挺大度的，既没有给她脸色看，也没有找她谈话，扣奖金之类的事更是没有。

虽然主管大度地放小欣一马，但对她留下了"爱说闲话"的印象。

职场中，无论你以何种方式得罪了领导，都应该想办法挽救，而不是心存侥幸。当你假装忘掉，让自己心情好一些的时候，领导却未必会忘记。因此，在你确信自己得罪了领导后，一定要尽快地妥善处理，想办法补救，不然这个"结"可能会一直在领导心里。

领导的心结如何解呢？

1. 切不可抱有侥幸心理

有时候，不经意得罪了领导，不好意思开口道歉，便心存侥幸。其实，这正误了扭转局面的好时机。

领导最在乎的是下属对他是否尊重，如果你因工作上的一时疏忽得罪了他，还可能蒙混过关；如果你的言行对他的威信产生了威胁，就必须及时、主动地伸出"橄榄枝"，用你的真诚消除你与领导之间的隔阂。

得罪了领导，最好的办法是直接找领导，而不是向同事诉苦。哪位同事也不愿介入你与领导之间的争执。

2. 认错要看时机

如果领导正忙于工作，那就先谈工作，把认错这件事放在一边。否则，不等你进入正题，他就会以各种理由把你打发了。

选择在领导时间宽松的时候，或是心情愉快的时候，把你的想法，婉转地告诉他，表明你的心思，并请求他的谅解。看到你如此真诚，他又怎

么会再跟你计较？

此外，你还可以利用会餐、联谊等轻松的场合，向领导敬酒、问好等，以此表示你的尊重，这样领导心里对你的不满也会渐渐淡化。

3. 用行动证明最重要

即使得罪了领导，受到了不公的待遇，也不能因此而消极怠工。如果你不把工作做好，领导就更有理由拿你"兴师问罪"。千万别以为把工作搞砸就可以报复领导，这样只会让自己更加被动，最后受伤害的永远是自己。

如果矛盾一时难以化解，不妨耐心等待一下，不要情绪化地进一步激化矛盾。加倍认真工作，时间久了，领导会改变对你的看法的。

魔鬼训练课题之四：遭遇谣言

迟美悔不该在聚会上多嘴，现在搞得满城风雨，还差点把领导卷进去。

一次下班后，同事们相约去酒吧放松一下。可能是多喝了一杯，迟美便和坐在旁边的小优攀谈了起来，而且还将自己弄丢文件、搞砸报告的事情和盘托出，无意中将领导对她的特殊关照也告诉了小优。

殊不知，说者无意，听者有心。很快，公司里便传出迟美和领导的一段"花边新闻"。

领导是个有家室的男人，一表人才，能力超群。而迟美年轻漂亮，刚从大学毕业，性格开朗，对工作认真积极。就这样，一段电视剧里上演了无数遍的桥段也发生在了迟美身上：

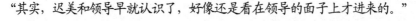

"其实，迟美和领导早就认识了，好像还是看在领导的面子上才进来的。"

"怪不得业务做得那么多呢，原来在公司里是有靠山啊。"

"真是没看出来，迟美还有这一手。"

后来，谣言更是传得离谱：迟美不仅和领导的关系暧昧不清，居然和其他客户也有牵连，不然，这么多大单子哪会签得那么顺……

迟美苦恼极了，本想和大家解释，可是越描越黑。大家更倾向于传言，而把自己的努力辩解忽视掉。

出于猎奇心理，人们似乎总是喜欢闲聊或传递一些隐密性的"小道"消息。在职场中，如果你无意中说漏了嘴，有时就会被一些"别有用心"的人利用，添油加醋、绘声绘色地加工后，再散播出去。

谣言就像是软刀子，置人绝地于无形之中。如果你没有引起足够重视，一不小心，就会被谣言搞得鸡犬不宁，严重时还会陷入进退两难的困境。

如何有效应对谣言呢？

1. 时时刻刻慎言慎行

谣言一出，众人对此的看法似乎变得惊人一致：宁可信其有，不可信其无。

如果你平时就大大咧咧，口无遮拦，就不免给了有些人可乘之机。特别是某个"小心眼"同事对你颇有微词的时候，更是会推波助澜，使劲散播有关你的谣言。

因此，你需要防患于未然。除了要慎言慎行之外，还需建立好同事关系，树立好口碑。这样，即使出了谣言，也会有人在关键时候站出来挺你。

2. 冷静应对

不管是有人有意还是无意，如果谣言已经传播出来，这个时候，你千万不要被怒火冲昏了头脑，急冲冲找出传播者当面对质。如果对方不承认，难免会让自己下不来台，而且同事关系也会闹僵，而且你越是紧张，他人越相信你心里有鬼。如果你坦荡荡，干嘛一种恼羞成怒匆忙掩饰的状况！

最好的办法是冷静、镇定。你越冷静，战胜谣言的可能性就越大。及时地跟同事、领导沟通，在得到一部分人的信任后，无形中就减少了谣言的传播者。如果领导能够站在你这边，对于战胜谣言也会有很明显的帮助。

3. 不躲避，微笑着面对

你越是慌张、烦躁，那些制造谣言的人就越开心。如果你故意躲避，或是意志消沉，他们不但不会有任何怜悯之心，还会添加新话题，更加兴致勃勃地谈论。但如果你微笑着面对他们，便会深深地刺激到那些想要你好看的人。

即使面对那些故意旁敲侧击表示对你不相信的人，你也应该用微笑来回应。你越是自信、平和，他们的猎奇心理就消失得越快。

时间是位神奇的魔法师。随着时间的流逝，谣言也会不攻自破，或是被人淡忘。

魔鬼训练课题之五：
拿捏好工作与家庭的平衡

丽萍刚刚当上公司里最年轻的妈妈。小宝贝的降生给她带来了不少的乐趣，也带来了不小的压力。

休完产假，再次回到职场。仅仅才过了两三个月的时间，公司便出现了很大的人事变动。原本属于自己的工作，已由新人接替，周围的同事也换走了几个。上班第一个星期，她非常不适应。

孩子已经开始变得粘人，可是丽萍却总是不能抽出时间陪伴宝宝。每天早晨家里都会上演一出"分离戏"，只要她拿着包，宝宝就会抱住她的腿，不让出门。不得已，丽萍只好每天早上像小偷一样，偷偷地跑，可大部分时候还是不能成功。在家里，丽萍看到孩子大哭就心疼得要命，在公司却常常因为迟到而被领导批评。

送孩子第一次上幼儿园，因为时间急，她放下孩子就赶快走，结果孩子便在幼儿园里哭了一整天。

生活中，除了工作要做，还要照顾好孩子，还要照顾老公，还有爸爸妈妈、公公婆婆都要顾及到……丽萍真的觉得自己分身乏术，不知道该如何处理工作与生活之间的平衡。

是事业第一还是家庭第一？这是一个最伤脑筋的选择题。有的人，事业上风生水起，金钱、名利、地位哪一样都不缺，而在身后却隐藏着一个破碎的家庭，虽儿女双全，却形同陌路。有的人，总认为家庭才是第一位的，把所有的精力与时间全花在了家人身上，从来没有考虑过自己，以至

于一辈子都在为身边的人忙碌，工作上表现平庸，无所作为。

如何才能平衡我们的生活？如何才能让事业、家庭两不误？

1. 工作和生活都要顾及到

事业与家庭，对于每一位职场人都是非常重要的。只爱生活，不爱工作，就成了完全的享乐主义；而只爱工作，不顾生活，就成了十足的工作狂。要想找到两者之间的平衡点，首先应在心理上平衡两者之间的关系。

在行动上，你要努力区别工作与生活。上班时，不要再想家里的琐碎事情，调整好状态，全身心地投入工作提高自己的工作效率；下班后，不把工作带回家，也不把职场的不良情绪带回家。试试这样，就能做到工作与家庭两不误。

2. 制订计划

为了更有序地进行工作，我们常常会制订每日计划、每周计划甚至每月计划。在生活中，我们也需要这样一份计划书：把一周的全家活动列入日程安排，逛公园、看电影、家庭会议、走亲访友……

当你把家庭生活也安排得井井有条时，你会发现，工作与生活其实并不矛盾，而且两者是良性互补的。

3. 留心小而分散的时间

如果你总感觉没有时间和家人沟通，没有时间帮孩子温习功课，那就要考虑你生活中的那些"微假期"了。

　　每天下班后，你就进入了这一天的"微假期"。这段时间你可以随意安排：可以看电影；可以约朋友一起吃大餐；可以回到家亲自下厨；晚饭后与家人一起看电视；也可以陪家人去公园散步……直到睡前，都可以算作你的"微假期"。

　　在这段时间里，你完全可以享受生活，与家人交流沟通。其实，只要你精心打理，你的生活并不会一团乱麻。

自由自在
零怕族

生活篇

01

我的生活我做主

测试：你对目前生活的满意程度

1. 你经常喜欢和别人一较高下吗？

　　A. 不太喜欢，每个人都有自己的位置

　　B. 无所谓，比一下也行　　　　C. 不自觉地就会陷入比较之中

2. 觉得自己是个"内秀"的人？

　　A. 外表对得起观众，内在对得起自己

　　B. 还算可以吧

　　C. 有时觉得自己还可以，但有时会很自卑

3. 喝饮料时，得到"再来一瓶"的奖励，你会为此兴奋好久？

　　A. 当然了，为了生活中的小惊喜而喝彩

　　B. 当时会很开心　　　　　　C. 没什么了不起，一瓶饮料而已

4.能很好地把握好工作与生活的平衡点吗?

A.是的，我会把工作与生活的关系平衡好

B.有时会很忙，会为了工作顾不到生活

C.总是很忙，感觉乱糟糟的

5.别人时常觉得分身乏术，而你却不会?

A.是的，我是时间安排上的高手

B.有时会顾此失彼　　　C.我时常感觉分身乏术

6.想旅行时，背上背包就可以出发?

A.当然，旅行其实很简单　　B.得先看自己的计划表

C.没有时间去旅行

7.在朋友眼中，你是一个挑剔的人吗?

A.当然不是，我很随和　　　B.只会在某些方面挑剔

C.朋友常这么说我

8.你喜欢跟朋友一起做"愤青"吗?

A.不喜欢做"愤青"　　　　B.受到影响时也会"愤青"一把

C.我就是一个十足的"愤青"

9.你会成为朋友的情感"垃圾桶"吗?

A.只要他在悲伤的时候想起我，当朋友的"垃圾桶"也无所谓

B.有时间会帮朋友排忧解难

C.好多朋友是我的情感"垃圾桶"

10.你有长辈缘或是小孩缘吗?

A.是的，和他们总是能很快熟络起来

B.看情况而定　　　　　C.只喜欢和自己同年龄段的人交流

测试结果：

答案： 选A得5分，选B得3分，选C得1分。

10～23分： 你或许是个天生的悲观者，总是带着那么一点点忧伤，惹人怜惜。或是总有一些烦心的事情纠缠着你，让你无法自如地享受轻松与快乐。而且，自卑的因素也会为你的生活抹上一层淡淡的灰色。从现在开始，你要努力抓住生活中那些美好的一面。相信这些一定会成为你快乐的源泉。

24～37分： 你是个相当理性的人，正是这份理性让你的生活失去了一些趣味。你是个很有原则的人，但有时一些原则会限制你追寻更自如的生活。你对待工作认真负责，但对待生活却很随性。可是，真正的幸福需要在两者之中做到良好的平衡，而不是两者择一。

38～50分： 你是最懂得如何经营快乐生活的人，对现有的生活满意程度也最高。很显然，你是个看起来很大条的人，大笑时也常常忘记顾及自己的淑女形象或是绅士风度。但是，你并不是那种没心没肺的人，你很聪明，懂得如何管理自己的时间，如何平衡工作与生活，因此，你才能这么自如地幸福着。

安静下来的生活，很美好

打开电脑，就会弹出各种各样爆炸性的新闻、明星八卦、市井生活……

登录QQ/MSN，一大串的头像开始频闪，有一搭没一搭地聊着……

打开手机，应接不暇的短信、电话，问候的、祝福的、打发寂寞时光

的……

　　不知道从什么时候开始，通信让我们的生活一下子热闹起来。我们距离别人生活中的那些琐碎如此之近，或唏嘘哀叹，或一笑置之。激烈的场面、刺激的情节、动情的声音无时无刻不在吸引着我们的注意力，让我们丢开自己的安静生活，拼命地追逐、尽情地喧哗。

　　可是，当我们回归自己的生活时，却发现一切都好安静，甚至有着一丝丝的陌生。因为，我们已经许久都没有留意过自己生活中的变化了。

　　他40多岁，经营着一家规模中等的企业。和别的老总不一样的是他似乎总是那么悠闲。

　　他每天早上都会与小区里的王大爷去公园里听戏。本来对戏曲一窍不通，但经过"票友们"的几番熏陶，他也对戏曲略知一二，兴致高时，还能有板有眼地唱上一段。

　　早餐时的豆浆、油条永远是他的最爱，吃了大半辈子也没吃腻。

　　晚饭后，陪老婆散步，这是每日的必修课。

　　他爱旅行、爱摄影，每年儿子放暑假，他都会带上全家到欧洲去度假。回来后，把自己亲自拍的照片，制作成DVD拿给亲朋好友欣赏。

　　母校百年校庆的时候，他被作为特邀嘉宾请回去故地重游。像他这样老总级的人物确实不少。教授说：现在我们做个实验，我就知道你们当中谁最会经营自己的企业。

　　教授把所有人的手机都收集列一起，开着机，放在桌子上。

　　经过一分钟，其他人的手机开始响个不停，当然了，老总级的人物，自然会很忙，而他的手机一直安静着。

　　教授说，他才是最会经营自己企业的人。因为他懂得放手，懂得给自己的生活留出一片安静的空间。

公交车进站、商场里一浪高过一浪的促销叫卖、小区里汽车警报一拨接着一拨、回到家里手机仍是响个不停……我们生活的城市确实充满了活力，但也充斥着嘈杂、繁乱。

在20世纪90年代，27岁的音乐人高晓松在《青春无悔》这张专辑的序言里写道：随着人潮涨落、随着日子一起躲进宁静的港湾。

真正美妙的人生应该是：能够在喧哗、躁动之后，坦然走进生活中的静好时光，慢慢过滤、慢慢思考、慢慢享受。

置身于喧哗，难免会让我们的身体、精神感到压抑和疲惫。试着把所有的忧愁、担心、哀怨都丢弃，在安静的时光里，涤荡受挫的印迹、委屈的泪水、失败的颓废……

安静地生活，并不是一件极复杂的事情。关掉手机之前，先关掉你的贪欲，整个人就会变得洁净而轻松。与人淡然相处，不争不抢，不强人所难。

原谅头脑中偶尔蹦出来的嫉妒与猜疑，以安静的心态化解生活中的灰色情绪。

在没有手机铃声打扰的下午，喝茶、看书，再留出一段时间倾听自己的心跳声。

做回真实的自己

做真实的自己，得到的是最真实的快乐。

在学生时代，那只是一个没有课的下午，平淡无奇。你径直来到图书馆，万书丛中躺着一本你喜欢的书。很偶然，你拿起了它，爱不释手，即使身边没有了座位，你还是站着把它一口气读完了。走出图书馆的时候，已暮色四合，精神上的富足让你不觉得累，不觉得饿，也不觉得孤单……

在职场，那是一个周五的下午，难得没有加班。你离开公司，在公交站牌处静静等候。在拥挤而又吵闹的40分钟后，你回到了家里。穿着不合身的围裙，妈妈包饺子，你和面、擀饺子皮儿。弄得一身的面粉，还被妈妈唠叨：这么笨，以后嫁了人可怎么办啊？

在滚滚的人潮中，喧哗热闹的时代，你总能适时地走走停停，虽处在车水马龙之中，却有着不被搅扰的温情。那种感觉，好像是在贴着地面飞翔，在享受自由的同时，又有着最自然的安全感。

等女儿安睡好，时间已接近午夜22点。雪晴随手抄起枕边的一本旧书看——路遥的《平凡的世界》。情节、字句，早已烂熟于心，随意地翻阅。

读书让心静下来，雪晴打开了自己的日记本。虽然已为人妻、为人母，但从骨子里，依旧保留着写日记的习惯。

她不紧不慢地写着：

属于自己的静好时光并不多，因此一定要倍加珍惜。从今天开始，周一到周五早上要在6：30起床，21：45上床。不管自己睡不睡得着，都要凝神调息，准备进入睡眠状态。周六，可以早上8：00起床，23：00之前睡觉。周日，8：00起床，22：00上床睡觉。

每天下班后的时光，周一为书法日，临睡前练字一小时；周二为琴棋日，练琴或陪家人下棋一小时；周三为交流日，可以和家人一起看电影、

逛街、走亲戚；周四则为健身日，游泳一小时；周五、周六为家庭日，做一次疯狂"煮妇"，为家人烧一大桌好吃的饭菜；周日为调整日，看会儿书、写写文章，准备迎接新的一周。

有点像宣誓，因此雪晴故意在最后又写了一句"这次，一定要说到做到。"

这是一个人人渴望成功的时代，谁都想要成功，谁都想用成功来证明自己。可是，不知不觉，我们便会患上"成功综合症"。

为了成功，我们奋力拼搏，把所有的精力耗在了与时间厮磨、与他人对擂之中，渐渐忘记了自己的初衷和内心真正的渴望。

为了成功，我们已经忘掉了自己最初的模样。有时为了一笔交易，我们会焦急万分；为了争取一次签约成功，我们会一醉方休，彻夜不归；有时为了利益，我们也会置往日情义于不顾……

总之，我们忽略了路边的风景，忽略了身边的人，忽略了那个最真实的自己，忽略了倾听自己内心深处的真实想法……

做回最真实的自己，无论这个世界多么光怪陆离，你亦不随其流扬其波；你有你的方向，你有属于自己的一处真实、纯净的空间。

找回真实，并不难

不知从什么时候开始，我们喜欢在网络中呈现自己最本真的一面。对着陌生人敲打出最真实的心情。

不知道从什么时候开始，我们开始对周围的人表现出自己的开心或是忧郁。聊着遥遥无期的房子、永远不够花的票子，却再也绝口不提自己的理想，自己最单纯的小幸福。

如果，原本的你根本没有悲天悯人的情节，也不处于自怨自艾的年

龄，那就别勉强做胸怀壮志的伟人，只做平凡中的一份子，如同空气中跳跃、欢畅的微尘，不起眼，却无处不在，真实、自然、简单。

从现在开始，重新了解自己，倾听自己内心深处最真实的声音。

1. 你的舒服，你来定

从现在开始，不必做那么多"无谓"尝试。不必尝试他人特立独行的行事方式，也不必尝试他人的穿衣打扮。你就是你，何必强迫自己变成另外一个人。

做真实的自己，想哭时，那就开怀大哭，露出一排白白的牙齿；走路时，蹦蹦跳跳、放松随性一点儿也没有关系。

做一个真实的让自己舒服的自己。

2. 自己最喜欢的是什么

小时候，我们有一个宿敌叫"别人家的孩子"。别人家的孩子，不喜欢看电视，最听妈妈的话，考试总考100分，业余爱好广泛，从不乱花零用钱，得了压岁钱全部上交……

长大后，我们的眼光总是习惯性地停留在别人身上。别人一个月的收入赶得上我半年了；别人的一条手链是老公高价定制的；别人家的房子又大又漂亮，地段还好……

你什么时候留意过自己？你认真地倾听过自己内心深处的声音吗？

从现在开始关注自己，了解自己的喜好。

最喜欢的颜色、最喜欢的季节、最喜欢的食物、最喜欢的动物、最爱看的电影……

3. 做什么事情最得心应手

现在的工作是你感兴趣的或者只是一份能养家糊口的差事？

朝九晚五的职场生活是否已让你的神经疲软？你是否已忘记了小时候最喜欢做的手工或游戏？

想一想，自己最擅长的是什么？一天中，哪个时间段精神最好？和什么性格的人一起合作效率最高……

发现自己的兴趣，再发掘出自己的专长。如果两者能够有效地结合在一起，那么你做起事来就会得心应手，不但高效，而且还能收获一份不错的心情。

如果，在这个匆忙的世界中，你迷失了自己，找不到出口，那么，你就要重新了解你自己，遵从自己内心的想法，这是做回真实自己的第一步。

记得自己的喜好、自己的原则，这是找回自己的路标。对于求学年代，我们那些无关利益的友谊，更应该铭记和维护，因为长大了，就很难遇到如此纯洁的情谊。

畅享美好时光

生命只有一次，青春也只是一时。兜兜转转中遗失了多少时光！

空调管正在滴水，这不关我的事，但注意力还是会随着水滴涣散；下载东西时，总喜欢双眼盯着进度条，从0%一直追随着到99%，直到听见"叮"一声响，才把已经神游到别处的我们拉回到了现实。

就算自己一直发呆，一直静止，时间也不会陪你一起忘记了流转。

打起精神来，赶在日落之前畅享生活的分分秒秒。美好的时光也许不多，但却能让你在有限的时空里，真切地感受到生命的美好以及存在的意

义和快乐。

青春只在转眼间

工作很重要，但它绝没有理由把我们囚禁起来，更没有理由吞噬掉我们所有的快乐与自由。

拿着再高的薪水，坐在令人羡慕的职位，如果没有了自己的生活，那么一切都变得毫无意义。

如果你已经将过多的时间与精力放在工作上了，那么，是时候应该将自己从工作中解救出来，关注生活，畅享时光，拒绝做"工作奴"。

梅子常被人羡慕，能在工作中见到那么多名人，而她自己被自嘲为"媒体民工"。

工作两年来，她几乎没休过假。哪天如果能提前下班，那对她来说简直就是恩赐。过年，别人都回家团聚了，她和同事则要为"收视率"绞尽脑汁。

卖力工作了那么久，就盼着假期能出去放松一下。可是，出游计划制定了好久，总是被领导否决了。甚至有一次她已经拎着行李走到了机场，还是被领导的一个电话给叫了回来。

"没办法，命苦啊！"跟朋友谈起这事时，她一脸无奈。

就在她埋头工作时，朋友一个电话打了进来。听着他们在异国他乡大声吼着、欢呼着，她差点哭了出来。工作着，却感不到开心。这样的生活真的是我想要的吗？我的青春岁月要一直被束缚在这里吗？梅子一遍遍问着自己。

"算了，不管那么多了。"

梅子随即打开了一家旅行网，果断报了名。

指尖轻快地敲打着键盘，几分钟过后，一份辞职报告便"新鲜出炉"了。

当她再一次，提着行李来到机场大厅时，领导的电话又打来了："梅子，你真的要辞职吗？"

"是的。"她笑着说。

在最美的时光里，应该做些自己喜欢的事情，才对得起自己的青春。

青春，是一首匆匆下笔的诗，太仓促，总是来不及多想。

在这短暂的时光里，我们何不把目光从别人那里转移到自己身上，无所顾忌地笑，无所顾忌地哭，没有必要刻意掩饰自己的情感，也不用想方设法做他人眼中的自己。

以自己独有的姿态，来纪念自己已经逝去或即将逝去的青春，不也是一种美好？

今天，佳萱24岁了。

她总是说，讨厌过生日。很奇怪，别的女孩总是特别期盼着自己的生日快点到来，这样就可以有理由大吃一顿，连减肥计划都可以不管不顾；或是出去尽情地玩一天，也不管囊中是否羞涩。

而她对生日的态度却异常冷漠。大学时，好友们特意在宿里给她买来蛋糕，插上蜡烛，而她却手足无措不知接下来如何是好。

毕业后，每遇到这样的日子，她都喜欢一个人待着。挥霍着这些尴尬的但似乎又有点意义的时间。

其实，时光每时每刻都在溜走，青春也悄无声息地向前奔跑，只是在生日这天，长大的感觉会变得特别强烈。

下班后，她一个人闲逛到了街心广场，安静地发了会呆，便来到每天

都喜欢光顾的小吃一条街，"只要自己是自由的，就算长大了，也可以吃自己喜欢的小吃，还有机会去追求更多美好。"

一生不长，更需要淡然地活着；青春有限，更值得等待着惊喜。

不管明天怎样，未知本来就是一种美好。

都市中的我们可能早已不再挣扎在温饱线上，那么我们生活的品质体现在哪里呢？

8小时之外的时间该如何度过？是猫在家中看书、看碟；还是约几个朋友K歌、泡吧；抑或是独自一人，什么都不想，静静地度过……

总之，在瑰丽的理想与追求背后，还有一颗安然、恬淡的心，让自己可以细细品味华美的青春时光。

没有房子，一样有生活

这个时代发展变化太快，总是有新的东西出现，而且就在我们感觉已经对新事物了如指掌的时候，更前沿的思想，更新潮的东西又出现了。因此，我们常常强迫自己去充电，努力跟上市场的变化。

在工作中，我们总是要面对各种各样的人，同各种脾气秉性的人打交道，而且还要尽量使他们满意。因此，我们就需要对不同的人，采取不同的沟通方法。

因为我们不能确定明天会发生什么事，也不能确定明天将会面对什么样的人，所以我们常常感到恐慌而且没有安全感。另外，我们还迫切需要被人认可、被人尊重，而最能解决这些问题的，可能就是"房子"。

为了能拥有属于自己的"房子"，我们更加拼命地强迫自己去深造、去充电；为了房子，我们在工作中会努力表现得更出色。可是，就在我们强迫自己充电的过程当中，美好的青春在流逝；当我们不断摸索更好的解

自由自在
零帕族

决方法时，我们在不断的变幻中逐渐迷失了自我……

所有的时间和精力都奉献给了那个没有一丝生命力的东西——房子。

为了理想中的"大幸福"，我们漏掉了多少看得见、摸得着的小幸福……

没有房贷，我零帕

在这个时代，喧哗和淡定、欲望和淡泊、躁动与坚守……相伴而行。有的人会把房子作为毕生的追求，而有的人却坚持着"无房无车无钻戒"的裸婚。

没有房贷，我是快乐的零帕族。这并不是向生活缴械投降，而是尝试用另一种更加轻松的心态来生活。

丹丹在一家事业单位上班，而老公则在一家培训机构任教。结婚的时候，老公没有买房，她当时也没觉得有什么不妥。现在，已经结婚三周年了，他们依然住在老公单位提供的宿舍里。

和当下已经沦为房奴的年轻人相比，他们的生活相当滋润。

"我觉得这样挺好的，为了一套房子把生活质量一降再降，真的不值得。"

其实，以他们两人的收入，完全有能力凑齐首付买套房子。可是，每个月的房贷就得两三千，这样把整个青春都搭进去了。

因为没有房贷压力，他们的财政相当自由。丹丹拿着小两口的积蓄买了一辆五六万的轿车，每到周末就和老公去近郊放松身心。因为两个人都热衷于旅游，他们便趁着节假日，自驾游遍了苏州、扬州、云南、桂林等地。

周围人总是讨论把八九十平米的房子卖掉，换个更大的；或是把小车卖掉，换一台更高档的。而丹丹却不以为意，没有压力的生活就是最惬意的，何必让自己走进买房、买车的怪圈。

现在，不管有没有能力，似乎都在讨论房子。没房子的想买房子，有房子的想换套大房子。房子，不是家，不见得有房子就能快乐、幸福。与其把大把、大把的金钱都投到房子上，不如做些让自己真正快乐的事情。

如果你是工薪一族，可能紧紧巴巴攒上大半年，还不够买个卫生间。可是，只要半平米的价格，你就能玩趟新马泰了；两平米的价格，周游欧美列国也够了……

一个人只要还没买房，他就是自由的。人生那么美好，何必把所有的青春都拿去供房子。

要开心，就要活得纯粹利落一点。有梦想，趁着年轻就去追逐；如果想过自己喜欢的生活，那就抓紧时间去努力尝试。

房子只是幸福的一部分，但绝不是全部，幸福的分量也不是一所房子就能承载的。

在一期综艺节目中，芒果被邀请去当嘉宾。也就是在那个时候，她结识了现在的男友阿木。

两个都是时下最时尚的自由职业者，因此有着许多共同语言。芒果对超市日用品的促销时间摸得最准，而阿木对各种复杂的公交线路理得最清……

在节目中，他们配合默契；下了节目，很快便成了无话不谈的朋友，随着感情的升温、联系得愈加频繁，他们走到了一起。

年轻人有年轻人的想法，最让他们不理解的就是，那么多人可以为了房子拼命挣扎，牺牲掉时间、精力，甚至爱情。

在"租房"这个问题上，他们两个的意见表现得惊人的一致。

"如果我有了房子，那我就只属于那里；如果我没有房子，那全世界都是属于我的。"

从相识到现在，他们一共租过24处房子。有近海的，有山脚下的，有闹市区的，有学校附近的……

就在这24次搬家中，他们游遍了大半个中国。在杭州住腻了，他们搬往苏州；看惯了小桥流水的温雅，他们搬去看大漠孤烟的豪放。

在他们的行程中，在他们的城市里，也有不少人为了一个LV的包包、为了一辆小车、为了一套房子丢盔弃甲。每每此时，芒果便和阿木相视一笑，"原来我们才是活得最明白、最开心的人。"

没有房子的男人到底该不该嫁？没有房子的婚到底该不该结？

当你的生活重心、你的关心和注意力全部都转移到房子上面时，你的幸福指数也就跟房子紧密地连在了一起。

要知道，我们不是为了一套房子而活着，抑或是为了别人的眼光而活着。在你得到了光鲜的婚房后，关起门来细数的是生活的甜蜜还是落寞，只有自己才知道。

有一个自己的生活空间，并不一定要拥有一套自己的房子。我们更应该看重的不是冷冰冰的一堵堵墙，而是生活的品质以及给予自己的温馨感觉。

可以小资，但不可以骄奢

测试：你有小资情结吗？

1.朋友觉得你是个挑剔的人吗？

　　A.有人说过我挑剔　　　　　　　　B.还好，别人都说我很随和

2. 你的床头会放些什么？

    A. 书或是CD   B. 毛茸玩具

3. 下班后这段时光，会怎么安排？

    A. 去看一次《猫》的演出   B. 看港台的搞笑电影

4. 你喜欢提拉米苏吗？

    A. 喜欢，自己还尝试过DIY   B. 是哪国的明星吗？

5. 尝试过自驾游吗？

    A. 和几个朋友一起，差不多游遍了半个中国

    B. 还是跟团比较稳妥

6. 你有自己的宠物吗？

    A. 当然有，而且还有一个特别的名字

    B. 没有，自己还养不起，哪会养它呀

7. 你的家里有着音质完美的音响吗？

    A. 有，这是生活必须，旁边还有一个非常漂亮的CD架

    B. 没有，一般用Mp3或电脑

8. 手机的铃声大多是？

    A. 优雅的钢琴曲

    B. 时下的流行音乐

9. 你对艺术品的态度是？

    A. 很喜欢，这绝对是生活中的点睛之笔

    B. 无所谓，看看有没有收藏价值吧

10. 别人对你的评价，通常是？

    A. 活泼幽默   B. 忧郁而神秘

自由自在
零帕族

测试结果：

答案：选A得3分，选B得1分。

10~16分：你身上全无小资的味道，你的生活完全独立于小资的圈子之外。你有着自己的生活哲学，你并不喜欢那些华丽而不实际的东西，并不喜欢那种矫揉造作的浪漫。你宁愿冲杯清冽的绿茶，也不愿喝那种加工缓慢的花式咖啡。你的生活有尺度，有规章，内心也充满活力与张力。

17~23分：你虽不算是小资领域的人，但对小资的群体或多或少有了解。有时，也会受身边的那些小资朋友影响，在心血来潮的时候，会买一大堆喜欢但却不实用的东西。当然，最多的时候，你还是过着清水般的大众生活。总的来说，你的生活中理性的味道更浓一些，当然，闲来无事时，也会偶尔小资一下，作为调剂。

24~30分：种种迹象已经表明，你是一个十足的小资。个性低调，内心冷雅，十分关注自身的生存状态。虽不强力追逐时尚，但也在不落时尚美感之后，给人一种清新而独特的美。你总是喜欢花大把的金钱去换取一些没有价值的东西，看起来荒谬而且不可理喻，而你却乐此不疲。阅读、聆听、观察、享受……你对周围的一切有着很强的领悟力，隐匿在你浮华的背后，是一颗理智而自由的内心。

一提到小资，大家的脑海中可能浮现出这样一群人：他们对自己充满信心，憧憬美好，同时也非常重视今天的生活质量。他们或是端着一只精致的咖啡杯，细细地品味着，若有所思；或是游走于各种健身俱乐部、高档读书会所，以及全天然果蔬美容馆……

在如今的繁华都市，小资不但强调生活的清新淡雅，也注重适时迸发

激情，忘却压力，尽情享受。

他们常常有着自己的消费观念，既时尚，但又不会趋附潮流；既追求成熟、优雅，又包含理性、睿智。

她叫豆豆，24岁，白羊座，在深圳的一家贸易公司工作。月收入在3500元左右。在高消费城市，她有她的规划，收入不算很高，依然可以过上小资的幸福日子。

她的口号就是："可以小资，但不可以骄奢。"

首先，不要被房贷、车贷、信用卡等折磨，还要经得起商场促销打折的诱惑。

在吃方面，早餐的酸奶以及下午的咖啡必不可少。另外，对于美食，她有着自己的偏好，在健康、环保的情况下，她更追求新奇。每个月，她都会抽出几次时间，到一些高档的餐厅尽情地享受一下。

对于漂亮衣服，可能大多数的女孩都没有多大的抵抗力，豆豆也是。不过，在她看来：衣服不求最贵，只求一定的品位；可以不是最流行的服饰，但一定不能缺少个人的风格。保持自己的个性，相当重要。

至于旅行，可能是所有小资群体的共同爱好。豆豆是个十分怀旧的人，不太喜欢热闹喧哗的城市。因此，只要有机会，她就会选择到古朴民风的地方走一走，如凤凰、丽江、西藏等。

作为当今的白领，怎么能不看书呢？下班后，豆豆不喜欢看电视，而是习惯性地打开电脑，或者拿上一本《不能承受的生命之轻》。对于那些写着明媚忧伤文字的小青年，她并不怎么感冒。豆豆喜欢的作家是海明威、卡夫卡、昆德拉、弗洛斯特……

终日在钢筋水泥筑造的城市中忙忙碌碌，永不停息，小资情调，不失

为是一种打破乏味的好方法。小资，不仅仅是一种风尚，更是一种生活态度——在忙碌劳累中主动寻找乐趣，主动营造生活中的浪漫氛围。

就算他们的收入足以让他们过上近乎奢侈的生活，但是在他们身上，你看不到暴发户的俗不可耐。当然，在收入并不丰厚的时候，他们也能在自己的规划下，让自己过上理性而优雅的生活。

真正懂得小资的人，不会为了显示自己的生活优越而非人头马不喝，很多时候，可能仅是一杯简单的苏打水或是绿茶。因为在他们的生活中，自己才是中心点，别人的眼光、看法、评价都是次要的。

小资的理财妙招

莹莹是媒体记者，同时也是兼职琴师，每个月的收入在4 000元左右。每天的生活过得有滋有味，却不是"月光仙子"。

"钱怎么这么不经花？"

"是啊，还没买什么大件，就已经月光了！"

听到同事们抱怨，莹莹对自己的理财计划颇为自豪。她从网上下载了个记账的软件，把每天的消费都记录下来，遇到自己喜欢的东西可以买，但碰到商场的促销，她也可以冷静下来。每个月都有结余，或拿出一点投资，或存入账户。另外，她还有收藏的爱好，不少的藏品也已升值。

当然，也有朋友劝她，"你每月那样交房租，还不如买一套自己的房子。"

那段时间，她也确实心动过，跟着朋友四处看房。可是，自己看中的

房子太贵；而便宜的房子，交通又不方便。另外，看着身边那些已经买了房的朋友，个个省得不能再省了，电影院也不去了，酒吧也不泡了，朋友聚会也尽量少参加……

思前想后，还是不打算买房子了。目前的生活逍遥自在，看到自己喜欢的东西可以毫不犹豫地买下来，周末可以逛街、看电影、和朋友一起去郊游……这样的幸福感是房子换不来的。

法国电影、画展、卡布奇诺、提拉米苏、红酒、自驾游……在某种程度上，这些已成为现代都市女性生活中的一部分。她们喜欢低调生活，但一定要有品位；她们喜欢张扬的个性，但一定要纯净、简单，能够自如把握。

对于投资理财，他们不会嗤之以鼻，也不会盲目追逐。无论什么时候，他们都会把生活品质放在第一位。对于自己的喜好、兴趣非常了解，总能平衡好工作与生活之间的关系。这样说来，他们才是最会生活、最懂得零帕精神的一类人。

对于小资来说，不管是大钱还是小钱，都需要科学管理。这样，你才能既追逐简单而时尚的生活，又收获投资理财带来的意外惊喜。

1. 团购

如果为了更加便宜地买到自己喜欢的东西，而反复和售货员厮磨，是件极其糟糕的事情。在讨价还价的拉据战中，你可能早已把起初看到东西时的兴致消耗殆尽。

当然，你也不愿整日苦盼，一直等到自己喜欢的衣服或鞋子打折，因为它同样会消耗你的兴致。或许，它已在打折之前售完；或者，等打折时，已没有你想要的款式或号码。

那么，团购便是最省时、省力的办法了。打开电脑，点击进入团购网，加入团购大军之中，既可以在第一时间买到称心如意的宝贝，又能享受打折的优惠。

2. 收藏

有的人可以为了尝新打车绕大半个城市，来到某家餐厅，一饱口福；而有的可以攒上两个月的工资，只为看一出喜欢的音乐剧《猫》；有人喜欢在体育健身如网球、游泳上花费上千，而有人喜欢收藏各种工艺品、美酒、邮票……

收藏，既属于个人爱好，也属于理财投资。在享受的同时，随着时间的流转，还会带来可观的收益。如果你收藏美酒，它既可以用来饮用，也可以留着让它升值。名人的字画、纪念邮票，包括一些旅行带回来的小玩艺，它们不但为你的生活平添了几分乐趣，还有可能给你带来意外的惊喜。

3. 投资

如果有了闲钱，让它躺在银行里，不如让钱生钱。在物价飞涨的现在，银行的理财产品又那么丰富，如果不考虑投资，实在是一种不明智的做法。

如果你是个保守的小资，不如购买国债之类的理财产品，赚得虽不多，但至少可以跑赢CPI。如果你对投资股票感兴趣，而且还是个智慧型的小资，那就可以尝试着进入股市。

当然，你也可以经营一家自己的网店，或是和好友一起投资开家个性咖啡馆、花店、茶室……不图能发家致富，只求在享受快乐的同时，又有一小笔资金进账。

投资理财，不仅仅是一种赚钱的方式，更是一种生活方式，一种获取财富的价值取向。

4. 信用卡

信用卡可以说是一些白领的最爱。信用卡不但可以提前预支，而且玩转信用卡还可以赚钱。台湾的一名27岁女生便利用信用卡在短短的3个月内获利上百万元新台币，被台湾的媒体奉为"卡神"。

当然，我们挣不了上百万，也可以赚个万儿八千的，最少也可以让自己的生活品质更上一层楼。

50天消费透支免息、近百家场所消费打折、每个月可以赢得笔记本电脑或旅游机票的抽奖……这些仿佛就是为都市小资量身定制的。

短时间的透支、颇为实惠的打折，而且还没有菜市场式的讨价还价。精打细算与大方得体，在这里找到了很好的契合点。信用卡带给他们的是，巧妙把握现代消费中的精明与品质。

5. 记账簿

记账绝对是个理财的好习惯。如果你的收入不低，但你还是月月光，而且大把的钞票不知道都花在了哪里，那就需要一个记账簿了。

可能有些人会觉得繁琐，或是没有时间。其实，你可以在网上下载一个记账软件，每天只需几分钟，就能帮你记下一天内的消费，让记账变得不那么繁琐、吃力。

理财就是打理生活。要想生活品质得到提高，不必把双眼紧盯在赚钱

上，而是要注重打理金钱。

做最"特别"的富人

在伦敦的某个小镇上，突然传来了关于老麦克的传闻：

"你听说了吗，麦克才是全镇最富有的。"

"我前几日也听说了，他有一笔巨额财产存在了海外儿子的名下。"

"真是没看出来啊！"

很快这个消息传到了税务检察官的耳朵里。检察官来到麦克的小屋里："听说，你是全镇最富有的人？"

麦克笑了笑："可以这么说。"

"那么，请罗列出你的财产，我要填写一下表格。"

麦克不慌不忙："我确实富有。虽年过七旬，但我的身体依然强健，每天早上出去溜鸟，晚上回来喝茶。我的妻子陪我已经走过四五十个年头，但我们依然恩爱如初。街坊邻居也喜欢和我这个老头谈天说笑……"

"我说的是你的财产。"检察官十分不解。

"这就是我的财产——健康的身体，和睦的家庭，友善的邻居……"

检察官先是惊讶，随后笑了笑，揉皱了那张表格："你确实富有，而且你的财富全是免税的，连政府都拿不走一丝一毫。"

当我们把所有的财富都锁定在那些物质上时，我们忘记了最珍贵、最无价的东西。比如健康，它是幸福的基石，没了它一切都是枉然。比如家庭，没有家庭，我们便成了孤独的个体，受伤时，没有什么依赖；难过

时，没有地方停留。还有爱情，它永远都是玫瑰色的，甜蜜、浪漫，不管经历了多少风雨，只要你心中有爱，它就永远鲜活……

空气

它无从捕捉，却又无处不在。无论悲伤，或是快乐，它会永远在你的周围。哪怕是众叛亲离，它还是会不图回报地追随你。它无时无刻不在你的周围，但你却总是最容易将它忽视。

从现在开始，静静地感受着空气带给你的舒适。

真的，当你的心中充满感恩的时候，连呼吸空气都是需要感谢的。感谢它如影随形；感谢它无色无味；感谢它流动时带来的凉爽；感谢它静止时带来的安宁……

它是无价的，也是最慷慨的。当你把眼光放在自己已经拥有的这些无价的财富上时，你哪会去计较有没有房子、车子高档与否？

因为这就是最大的财富。

柔和的阳光

说到辛苦，你远远没有太阳辛苦。因为，它从来没有假期，即使每天早上不打卡，它也从不迟到或早退，更不会旷岗。

在冬日里，它拼命地向地面输送着热量，才让你在彻骨的寒冷里感受到了温暖；雨后，它通过空气中的小水滴，散发着七色的彩虹，让你感受着生活的美丽。

它总会给人以光明，给人以希望，给人以安全感，不管你是否注意到。

它热情地亲吻你的肌肤，它轻巧地掠过你的发梢，陪着慵懒的你，细

自由自在
零怕族

细体味生活的从容、淡定……

除此之外，大自然还赋予我们绿树、红花、山川、河流……

更可贵的是：我们有眼睛，可以看到我们的家人，看到大自然的美景，看到让我们幸福的一切美好画面；我们有耳朵，可以倾听他人的诉说，可以享受美妙的音乐；我们有鼻子，可以闻到花的芳香，可以嗅到美食的香味。

生活中，我们不用花钱就能得到他们的微笑、赞美、祝福……

没有房子，但是我们有家；没有四个轮的车子，有一辆两个轮的"坐骑"也不错。

03

生活要新鲜，快乐要保鲜

背起背包，旅行如此简单

阳光、海浪、沙滩、性感的比基尼……对于男人来说，这里可以说是人间天堂；对于女人来说，这里便是最天然的绚丽舞台。

柔软的阳光、斑驳的墙壁、有趣的广告牌、异域情调……远方总是有着让你心动的东西，赏心悦目才是快乐的出发点。借助于美好的事物，我们的情绪便会不自觉地高涨起来。

背上背包，拿起钥匙，锁上房门，旅行就是那么简单。

自由自在
零帕族

给生活注入新鲜

美达和晓畅是大学同学，毕业后两个人都留在了山东。两个人在一起总有说不完的话。一次，美达说："真不想再给别人打工了，不如自己开家公司。"

相信，很多人也和美达一样，说过这样的话。可是，那次偏偏就他们两个抓住这个话题不放。他们在脑海里不断规划，想象着自己的公司操办起来的样子，说得两个人都有点跃跃欲试了。

于是，他们就开始了自己的创业之旅。经营公司可不算一件容易的事情。加班、出差全身心地投入。时间一长，各种烦躁的情绪都出来了，起初的好奇、激动也渐渐被磨蚀掉了。

为了把创业之路走得更长，美达便和晓畅商量着，每两个月就要有一次出行计划。让身心彻底地放松，给生活不断地注入新鲜，然后更高效地工作。

他们两人，或单独出行，或约上几个好友一起自驾游。了解各地的风土人情，欣赏一路的秀丽风光。每次旅行回来，生活都回归到了原点，一切都是新的开始。

就这样，在一张一弛中，他们的公司一点点地发展着，从起初的两个人，到现在的十几号人。美达和晓畅不但买了房子、车子，还周游了大半个中国。

"我们的生活可以用4个字来形容，'酣畅淋漓'。"晓畅十分开心地说。

看一处风景，听一段故事；陌生的乡村，陌生的小路，陌生的人群……

一切都是新奇的，一切都是鲜活的。

旅行，可以让你从周而复始的工作和生活中暂时逃脱，让秀丽的景色占据你的视野与思想，没有压力，没有乏味。你可能会为一幅壁画而停留，也可能为一屉小笼包而驻足。

在旅途中，不必为了任何人而刻意打扮自己，也不必时时奉上讨好别人审美的微笑。此时，你是最自由、最洒脱的，在火车、轮船或是飞机上，你最容易听到自己内心的声音。眼前的景色会同脑子里的想法产生出某种奇妙的关联，所有的新鲜味道便从这里涌出……

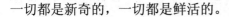

跟"一白再白"说再见

就在电视中大肆宣传着"一白再白"广告时，冯楠却在大胆追求着美丽新主张："天然胭脂红"、"健康古铜色"……

整日蜗在办公室里，夏天有空调、冬天有暖气，一年四季风刮不着、雨淋不着、烈日晒不着，想不白都难。而且，大家的脸上都化着精致的淡妆，虽漂亮，但活像个薄薄的面具；职业标准的微笑中，透着的不是发自内心深处的温暖，而是透着疏离的冷漠。

拥挤的车流、污浊的空气、无休止的加班……难道，这就是自己想要追求的都市生活？

看到旅游频道里，西藏那纯净、清丽的画面，冯楠心动不已。"是时候出去走走了，不然生活真的要霉烂了。"

趁着年休，她搭上了通往西藏的火车。除去高原反应，一切都是那么美好，这就是她向往的地方，眼前的景色，似乎比电视上的还要美好、还要震撼。这一切给人的感觉是那么的真实，又恍然如梦……

回到公司，冯楠看着自己脸上那两片最天然的"胭脂红"，笑了起来，"再昂贵的化妆品也涂出不这样的效果"。

一到家，便窝在沙发里，手里捧着薯片，两眼紧盯着偶像剧里的男主角。周末也懒得动，好不容易逮着机会，就拼命地补觉。

看看自己的皮肤确实白白的，但却看不出滋润，小蛮腰上一不留神赘肉就长了出来。只会懒洋洋地诉说着生活如何无聊、工作如何让人烦躁，自己却从不动身为生活注入新鲜。

是时候，走出办公室、走出家门，来到户外、来到大自然的怀抱了。丢开那种"一白再白"的观念，用阳光将自己的皮肤涂上一层古铜色，或到离天堂最近的地方，晒出两片"胭脂红"，这才是最时尚的新观念。

美食的诱惑不可挡

俗语说：民以食为天。美食的力量确实不容小觑，它不但可以帮你留住另一半的心，还可以为你的生活营造浪漫，增加趣味，带来新鲜感。

美食，生活中不可或缺的一道风景，看它是如何悄悄将你的味蕾打开？

轻柔的音乐、红红的烛光、淡淡的玫瑰花。当你正襟危坐于桌前，优雅地移动着手中的银色刀叉，然后将盘中的美食一点、一点送入口中……西餐，带给你的不仅仅是舌头上的满足感，更有一份不可言喻的优雅与浪漫。

厨房里一阵丁丁当当过后，端上餐桌的不是胖嘟嘟的泡芙，不是微苦的咖啡，也不是半熟的牛排，而是你最熟悉的麻婆豆腐、宫爆鸡丁，还有一份西湖牛肉羹。当然，这又是另一番风景，虽不及法式的浪漫，但却极

合你的胃口，忍不住让你多尝两口，甚至将自己的减肥计划置于一旁。

提拉米苏

提拉米苏，不只在味道上让人欲罢不能，更重要的是，它还有一个极其浪漫的爱情传说。在意大利文里，提拉米苏有"带我走"的意思。当然，带走的不只是美味，还有甜美的爱情。

当浪漫的爱情故事以及甜美可口的食物摆在面前，哪个女生不感动得稀里哗啦？相传吃过它的人，就能听到爱神的召唤。这让本身已充满浪漫气息的甜品，又增加了一层浓浓的神秘感。

三年前，他在一次联谊晚会上当主持人，她的一个舞蹈——《月光》惊艳全场。

忙里偷闲，他两次上前跟她搭话，却不想都被别人无意中打断。晚会结束后，他们回归了各自的生活。

三年过后，他毕业了，留在了那个城市。一个平淡无奇的下午，他坐在公交车上悠闲地看着窗外，突然他眼前一亮：她正站在站台处等车。

不及多想，就在公交车启动的前一秒，他匆忙跳下车。

站在她身旁时，他才想起，还没问过她的名字。

他便尾随她，再次上了公交、下了公交，来到书店、走出书店……他成了最光明正大的"跟踪者"。

就在他得意的时候，她径直走了过来："你到底是谁？跟了我一下午想干什么？"

他一时无语，愣了10秒钟后，才缓缓说出三年前的那次晚会。她隐隐有些印象，也放下了心。

这次，他可没忘记问她的名字、她的电话、她的QQ……

看着他有些紧张又傻气的样子，她笑了。

相处三个月，在她面前，他始终难以说出那三个字。不能说他怯懦，也不怪他嘴笨，只是因为太在意。

不说也罢，他捧着亲手做的提拉米苏来到她跟前。

不需要任何旁白与注释，她冰雪聪明，一看就明白。微微笑着，给了他一个拥抱。

用咖啡、甜酒泡过的海绵蛋糕居然会有如此大的诱惑力，每次路过西饼店，总会让你垂涎欲滴。

鲜美的奶油，软软的蛋糕，滑滑的慕司，香醇中带着一点不着边际的苦涩。它不像香蕉船那样绚丽多姿，也不如芝士蛋糕那样单调，提拉米苏变化有致，轻轻舀一勺放在嘴里，凉凉的、柔和中带点质感。

享受着这样的美食，感受着它带来的浪漫，哪还会有什么忧心与烦恼。此时，零帕生活，不再遥远。

小贴士：

如果你是个"DIY达人"，那么在家DIY一个"山寨版"的提拉米苏也不失为一件有趣而富有情调的事情。是用来解馋，还是犒劳他人，随便你选。只要动动手，你就能尽享里面的乐趣。

材料：手指饼、干酪芝士、咖啡、甜酒、鸡蛋、可可粉、砂糖、青柠檬等

步骤：

首先，将手指饼均匀地铺在容器中。

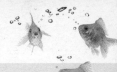

接着，沏一杯浓浓的黑咖啡，这样做出来的提拉米苏才有微微的苦味。加入少许甜酒；搅匀。小心翼翼地淋在手指饼上，切不可图省事，直接将手指饼泡在咖啡里。

将蛋黄放在沸水中，加糖、柠檬汁，煮沸后留作备用。

将干酪芝士放入干净的容器内，淋上柠檬汁，搅匀。再将加工过的蛋黄倒入芝士内，搅匀。

然后，把搅匀的蛋黄芝士糊糊倒入手指饼的容器内，均匀地淋上一层；放铺一层手指饼，接着淋一层。

最后，放入冰箱冷藏4个小时。

食用的时候，可以再加入鲜奶，并在上面撒上一层可可粉。

另外，正如100个读者眼里有100个哈姆莱特一样，提拉米苏的做法也不止一种，家庭简易的、传统的、杯装的等。上述的做法只是山寨版的提拉米苏，仅仅为了解馋或享受DIY的乐趣。

做个有爱心的人，生活更滋润

看着电影中、公益广告里，那些充满阳光的人们，挽起一位过马路的盲人，或是带着他们在公园里悠闲地散步，用语言向他们描述着这个精彩的世界……

这些温暖的场景，常常让我们为之动容。自己的举手之劳，却能带给别人无限的快乐和幸福，这是一件多么有意义且让人快乐的事情。

爱，是人类最美好的情感，唯有爱才能播种出爱。

相当一部分都市精英，他们眼里的成功，不再是对社会地位、金钱的追逐，而是把生活方式由享乐转化为奉献。

送人玫瑰，手有余香。在奉献中，自己的价值观念在悄悄地变迁，对生活的理解也更为多元。

做个有爱心的人，你对幸福的敏感度也会提升。在温暖他人的同时，也在不断地丰富着自己。

过去，一到周五，大家便会讨论：周末去哪玩啊？下班后去哪个KTV？你和酒吧里的那个帅哥还有联系吗？……

而在思敏的带领下，公司里越来越多的同事在讨论：周末去哪家福利院？那个盲童现在怎么样了？山区里的那个孩子这次考了多少分？……

思敏在一家广告创意公司工作。她跟其他都市白领一样，过着朝九晚五的生活，不同的是，她跟同事聊的话题不是明星八卦，而是这个周末义工活动的组织情况。

牺牲自己的休息时间，安安静静地做着极其平凡的小事，不张扬、不计较。而如果换成加班，她一定是另一种心态，肯定不会像做义工这样，不在乎时间与回报。加入到义工的队伍中也是一次很偶然的机会，参加过一次之后，便一发不可收拾，每周必参加。

"只有你真正做过之后，你才明白其中的意义。"

在思敏看来，做义工，不仅帮助了别人，给别人带来方便与快乐，更能帮助自己成长，更能亲切地感受到爱、感受到温暖，随之，生活中的不满和抱怨也会减少很多。

尽管在我们的生活中，还有贫穷与仇恨，还有不公与冷漠，但思敏坚信，她在做着能够改变世界的小事儿，正如那句广告词里说的一样："再

小的力量，也是一种支持。"

在越来越多的白领加入义工队伍的时候，付给他们工资的老板不禁疑惑起来：他们自己出钱出力不说，下班后做义工的情绪有时比上班的还要高涨。

很简单，人们的价值观在悄悄地变迁，他们所追求的已不再是银行卡里不断上涨的数字，而是生活中的一份快乐与安心。

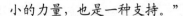

小贴士：

如果你也想加入义工的队伍中来，不妨先思考以下的几个问题。

1. 去哪找义工机会？

如果你对义工有兴趣，但却不知道从何入手时，可以尝试一下以下这些途径。

有的企业每年都会向正式员工提供三天左右的带薪"义工假期"。在这几天里，你可以投入到社区的事务中，不管是打扫卫生，还是发放宣传单，抑或是帮忙筹备社区活动……都属于义工的范畴。

此外，你还可以在网上搜寻义工信息；如果想加入长期的义工组织，可通过官方公布的电话号码进行咨询。

找到一个行之有效的途径，才会让你的付出产生最好的效果。

2. 我处事的方式是什么？

每个人都有自己的处事方法。做事方法不同，你所擅长的事务也不同。

在义工活动中，有人擅长组织筹划，有的擅长与他人合作，而有的就喜欢单打独斗。你或许适合做领导者，或许适合当副手。

如果你并不擅长沟通，那么在与盲人交流中，就可能会产生不愉快或

是误解；如果你是个颇有耐心且童心未泯的人，那么与小孩子交流时，你可能很容易就能融入他们当中。

不管你擅长哪一项，只有自己放在合适的位置上时，你的行动才会产生最好的效果。

3. 我的价值观是什么?

每个人都有自己的价值观，在做不做义工、做义工的目的这些问题上，每个人都有自己的看法。

有的人做义工是为了赢得企业的好评，从而能够有更好的就业机会；而有的人做义工，是为了奉献自己的爱心，给别人带来幸福的同时，也使自己的生活更加丰富多彩。

当然，价值观无论好坏与对错，只有两者相统一时，做义工才能发挥自己的作用。如果做义工与你的价值观相冲突时，做义工不但无法给他人带来帮助，也会使自己的生活陷入不良的状态之中。

4. 我该贡献什么?

在考虑"我该对社会贡献什么"之前，首先要遵循时代的要求。例如，在奥运会期间，可以报名做志愿者；在大力提倡西部大开发时，可以根据自己的情况到西部去，也可以参加到边远地区支教……

其次，就要考虑自己的特长，如果自己的表达能力、号召力很强，不妨做些宣传工作。如果自己能歌善舞，那就可以以文艺慰问演出的形式，贡献自己的一点力量。

当然，做义工可大可小，力所能及即可。学会平衡工作与义工之间的关系，才是最重要的。

日落前要做的几件事

有这样一句话：不会休息的人就不会工作。很显然，这是指休息只是作为工作的补充，而且休息是为工作而服务的。

其实，它应该有更丰富的内容，不仅仅作为工作的补充。我们的生活质量不仅仅取决于我们如何努力工作，更取决于我们如何放松。在我们精力最旺盛的时刻，我们常常希望自己多多奋斗，为了明天的幸福而牺牲现在。其实，这已经将幸福向后推延，或是漏掉了最有激情、最有滋味的一段幸福。

从现在开始，细数生活中的小幸福。在日落前努力做好它，就是在发现并储蓄现有的幸福。

1. 改变时间观念

生活在都市之中，或每天在红绿灯前缓缓挪动，或在拥挤的人群中裹足不前。原来简单的生活却因为无休止的等待，让人的心情变得烦躁不安。下次办事的时候，如果遇到这种情况，就直接回家，避开高峰期，不但会节省很多时间，心情也不会因等待而变得烦躁。

此外，不要把事情都推到明天再做。家里的牙膏还有1/4，你想还早着呢，等到星期天再去买。其实，等到最后一分钟未必就是好事。你可以选择在人少的时候，或是超市搞活动的时候购买，既省钱又省力。

贪睡和不守时常常会给你带来很多麻烦，买个闹钟，按时提醒你，既

可以安心地睡又不会耽误事。

2. 让友情保鲜

手机，不仅仅是一种摆设，它还是你连接外面世界的桥梁。如果你的电话总是安安静静的，那么你就该打出去了。

有几个闺中密友，或是异性知己，会给你的生活增添不少色彩。友情，需要距离，但持久的友谊也经不起距离。想起时，打个电话问候一下，讲讲你的生活，听听他的故事。如果有机会，那就见上一面，大家时常有交集，那么友情就不会被隔阂冲淡。

朋友是件奢侈品，常常是没有功利之用的。要使友情保鲜，最忌懒惰。若长久不联系，仅在某个无聊的时间想起了你的朋友，你会发现，原来珍贵的情谊已悄悄变淡，甚至消失。

3. 写日记或备忘录

如果你有写日记的习惯，你就有机会帮助自己学会享受孤独，在孤独中与自己谈心。在孤独中，我们能快速地成长起来，变得勇敢、坚强。能够很好地自处的人，不会因为寂寞而乱了方寸，也不会因为无聊，而去做一些无益的事情。

如果你每天把自己要做的事妥当地安排好，并在备忘录中整齐地记下来。那么，你的生活应该是井井有条的。有目标、有计划的生活，不会有太多的紧迫感，也不会无所事事地浪费掉大好时光，再忽然意识到而慌忙寻找。

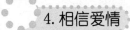

4. 相信爱情

在青春的年华里，如果没有恋爱过，未免辜负了青春的美意。但在恋爱之前，你首先要相信爱情。相信那种美好的情愫自己可以拥有，并有维持下去的决心和能力。

两个人有着共同的梦想、共同的期盼。也许只是为了一句简单的承诺，便满心欢喜地为之奋斗。生活中也许有挫折，但是，两个人会牵手跨过。

在平平淡淡之中，两个人的爱在沉淀。也许就是这样度过一生，也觉得无比幸运，并感恩上天的安排。

相信爱情，心怀感恩的人，生活中总是满载着快乐与幸福。

一定有个TA在等你

在《半生缘》里有这样一句话：我要你知道，在这个世界上总有一个人等着你的，不管在什么时候，不管在什么地方，反正你知道，总有这么个人。

最诚挚的爱情不需要包装，更不需要镀金。带给你幸福的骑士，有时可能并不骑着白马，而是穿着拖鞋，去按响你家的门铃。

只要你相信爱情，相信这个世界上一定有一个人在等你，那么你就能感受到爱情的玄妙，哪怕只有短暂的数秒。

每个人都是一段不完满的弧线，而那个能和你凑成一个圆的人，便是你的另一半。TA等着你去寻找，在最合适的时间去认领。

谈一场温暖的恋爱

金钱、名利、地位都是我们一生追求不尽的，通过时间的积累，多一些、少一些都变得不那么重要了。再富有，你每天也只能吃三餐饭，睡半张床。你的幸福指数，也未必会随着金钱的飙升而不断上涨。

你身边的男男女女，总有一天会在经历起起落落后变得成熟内敛。等到年龄再大一些的时候，就会变得越来越理智，理智到把这份情感视为人生中可有可无的一部分。当被现实挤压，感到有些喘不过气的时候，最先放弃的也一定是爱情。

在我们内心深处，我们真正需要的不是金钱，也不是来自于物欲的满足感，而是温暖。因为感觉不到温暖，我们常常缺乏安全感；因为没有安全感，我们便拼命想抓住那些看似实在的东西，比如金钱、地位。

从现在开始，找一个温暖的人，在最美好的年华里，谈一场恋爱吧。可能并不轰轰烈烈，可能并不如王子、公主那样奢华，但一定是最纯洁、最浪漫、最值得铭记与回忆的。

从友情到爱情，再到亲情，小麦说，他们共同经历的这三个阶段是很多情侣都经历过的，像不断磨合的机器，直到彼此连接不分你我。然而，在磨合中，有不少的情侣，走着、走着就散了，情谊也淡了。小麦觉得自己是幸运的，哪怕时间流得再快，她也找得回最初的美妙感觉。

高中的时候，他们常常结伴地去打饭、打水，再回到教室研究物理题。那淡淡的美好，一直延续着，只是同学间的简单友谊。因为简单，所

以轻松。

大学的时候，放假后他们总要聚一次。聊聊各自的大学生活，谈谈自己的变化。他们中有人已经坠入爱河了，而他的目光始终停留在小麦身上，时不时跟她开几句玩笑。

小麦起初是不喜欢他的。在小麦看来，自己的男朋友要像骑士那样威武，还要像阳光那样给人温暖。而他的出现，无疑打破了小麦的公主梦。个子不高、长相也一般，不过脾气好，人还算幽默。

追求小麦时，他总是满口叫着小公主。骑车载她去郊游，拿着毯子去草地上看星星，大夏天的中午给她买西瓜，记得每一个节日和纪念日……

随着时光的流逝，小麦的公主梦已变成了另一番模样。

骑士，不见得都骑着白马，只要肯把你当成公主，他就是你的骑士。

阳光的男生，未必都会像流川枫那样，在篮球场上挥洒汗水，迎来一波又一波的尖叫；也未必有一双一眼望不穿的眸子，而是能够积极乐观地面对生活；有幽默感，总能给你的生活带来欢笑。

谈一场简单的爱情，有一段浪漫的情缘。你所寻找的另一半，可能与你的想象有差距，也可能貌不惊人，又或许并不十分富足，但他却能给你最深刻、最踏实、最安心的感觉。

他带给你的幸福不张扬、不牵强、不炽烈，只是柔柔的，就像穿着纯棉的衬衫走在春日的阳光里。

再忙，也不必为了工作、为了事业将本该属于你的甜蜜扼杀；再累，也应该为你的情感腾出一点时间和空间。如果当你牙齿掉光、头发花白、双眼昏花的时候，心里的那些最柔软的地方留住的并不是你想要执子之手的那个人，那该是多么遗憾的一件事；如果心里的那个地方，空空如也，

那么你余下的岁月里不止是遗憾，还有抹不去的忧伤。

小贴士：

　　爱情，带给我们的不仅仅是甜蜜，更是付出的快乐。它教你如何更爱他人，也包括你身边的那些人。如果因为两人世界而忽视了身边的其他朋友，那么你的爱情便在生活中失重了，它也会随之变得脆弱、无力。

　　1. **永远坚持做自己。**每个人都有自己独特的美丽，不管你爱上谁，跟谁在一起，都不要因为他而放弃你自己。

　　2. **独立的人，更有安全感。**当你经济独立，有自己的一份工作时，你会在工作中寻找到乐趣、展现自己的才华，而不是把精力耗在对他的加倍关注，甚至怀疑上。

　　3. **拥有爱的能力。**爱不仅仅是一种浪漫的感觉，而是一种能力，把激情慢慢培养成温情的能力；在平淡的生活中，给对方带来新鲜的能力；包容他人的能力、擅于发现他人优点的能力……

相亲，没什么不可以

测试：你有被剩下的潜质吗？

1. 你的好友向你倾诉自己男友的种种不好，你会：

　　A. 她只是向我诉苦，安慰她一下，没什么大问题

　　B. 直接分开算了，这么痛苦，结了婚也不会有什么幸福

2. 你喜欢一个人看电影、逛街购物吗？

　　A. 一个人自在，如果有人陪同也行

　　B. 很享受一个人的自在感觉

3. 到达一个陌生的地方，你的方向感有此迷失，你会

　　A. 问下路边的交警　　　　　　　　B. 自己动手上网查下

4. 两个人在一起发生磨擦时，你会

　　A. 发生磨擦很正常，经过时间的磨合，一切就OK了

　　B. 不合适就不将就，不会为别人而改变自己

5. 你觉得要想生活幸福，必须有丰厚的物质基础？

　　A. 有物质基础当然好，没有两个人可以一起努力

　　B . 当然了，经济基础决定上层建筑

6. 你有一些自己的原则，不会轻易妥协？

　　A. 一切都要视情况而定，生活不可以那么固执

　　B. 既然是原则，肯定不会轻易妥协

7. 你最满意的生活状态

　　A. 在职场上叱咤风云，回家后心能静下来

　　B. 有份工作，回家后有饭菜、有笑声

8. 在对待爱情的问题上，你觉得

　　A. 在适婚年龄找个差不多的就行

　　B. 坚持宁缺毋滥，决不将就

9. 对于理想异性，你头脑中有着很清晰的标准

　　A. 没有什么标准，在一起过得去就行

　　B. 有着很清晰的标准

10. 你对自己婚姻的规划是什么样的？

　　A. 在适婚的年龄找到另一半，在最佳生育年龄有个小宝贝

　　B. 事业不稳定时不想考虑婚姻

测试结果：

答案：选A得3分，选B得1分。

10～16分：你被剩下的可能性极大。你对爱情、婚姻的要求近乎苛刻，所以很难告别单身。即使你条件出众，有不少的追求者，但到最后还是会形单影只。没有人是天生完美的，你可以在不完美中追寻完美。另外，过于强势，也是你被剩下的一大原因。

17～23分：你游走于剩下或不被剩下的边缘。你对未来抱有希望，也期待着自己能有一段长久的恋情，最后拥有一个温暖的家庭。但是，常常会因一些事情而错过身边的好机缘，也许是因为工作，也许是因为自己的一些原则，或是对爱情抱有过高的期望。总之，放低你的要求，给恋爱腾出点时间，你很快就会告别单身。

24～30分：只要你愿意，你就不会被剩下。也许你对于爱情有着自己的理解，你不会把所有的目光都放在对方身上，而是着眼于两个人的相处。因此，这个世界上适合你的水晶鞋很多。对于婚姻，你有要求，却不苛求；对待生活，你充满信心，却不奢望；你相信爱情，也相信两个人通过磨合，可以"执子之手，与子携老"。

关于"剩人"那点事儿

电视上，各种相亲类的综艺节目层出不穷；网络里，抛绣球相亲、鹊

桥会、8分钟解决单身难题……一波又一波的相亲活动，花样不断翻新；社区的公园里，挂上照片、附上简要个人信息、留个电话号码，如果条件合适，就有专人牵红线……

多大岁数了？有对象了吗？

拗什么拗，都老大不小了！

这么大了，还单着呢？

牵线的、搭桥的，亲戚朋友的议论，也越来越多。本是自己的私事，结果却成了大家排上日程的公事。于是，一部分人忙着为相亲"赶场"，而另一些人则被迫加入相亲的大军。

紫贝掰着指头数了数，再过10天，自己就36岁了。

对于一个女人来说，36岁在爱情的面前已经太老了。这个年龄本该是有个贴心的丈夫、有个上小学的孩子，以及一个不大但却温暖的爱巢……很显然，这些对于紫贝来说，都没有。

本以为，年龄越大的女性越理性，不但不敢轻易去碰触爱情，而且对于另一半的要求也相当苛刻。而紫贝却一直好奇地探询着、寻找着，在她看来，女人老了，同样需要爱情。泰姬陵的爱情神话就是一个明证。

当她和那群单身姐妹凑在一起时，那种场景可想而知。一群结婚狂，满脑子盘算的都是如何将自己嫁出去。摆摆自己的要求，再搜罗一下身边有没有这样的人……

紫贝并不是因为挑剔，只是因为错过了时间。一口气读到博士，走出实验室，走出校门，来到工作岗位上才发现，那些合适的男人早已成为别人的了。

找个二婚的？不行，这等于把自己给打折处理了。

找个年龄小点的？这是不是又太潮流了一点？

带着试试的心态，紫贝还是踏上了"姐弟恋"这条路。

姐妹们也笑着祝福："你先去探探路，要是你成功了，我们也一拥而上。"

追求爱情，什么时候都不会太晚，只要你的心里还相信爱情，还渴望爱情。

不管你因为什么原因而剩下，在这个世界上，终有一个人静静地等着你的。爱情是个很奇妙的东西，在你没有经历前，你感受不到它的魔力；经历后，方才发现，爱情是自由的，不需要那么多的条条框框，而且当爱情真的到来时，一切的条件、要求都变得不再重要。

单身也没有什么可紧张的，好好地度过每一天。要知道，当你真的成家了，就很难一个人静静地享受时光了。不必着急，更不必把自己打折销售，是你的，终归还是你的，为了结婚而结婚，才是最愚蠢的做法。

提高自己的爱情命中率

爱情虽不是个方程式，把一堆的条件代入即可获得，但也并不是无迹可循。对于想告别单身的人来说，如何提高自己的爱情命中率是个必须解决的问题。

1. 相信爱情，相信自己能获得爱情

如果你不相信爱情，那么一切都是空谈。如果你觉得爱情只属于那些幸运的人，而自己能否遇到完全要看上天的旨意，那么将在"守株待兔"中垂垂老去，而独自叹息。

坚信自己能拥有爱情，并且清楚地知道自己喜欢的人属于哪种类型，那么邂逅一段爱情并不难。到那些Mr.Right经常光顾的地方，走一走，逛一逛，加大自己的社交圈，你就很有可能会遇到心仪的人。

2. 注重自己的形象

"宅男"、"宅女"成了现在的热门词汇。而在剩人当中，有很大一部分人都酷爱"宅"在家里，不泡吧、不K歌、不喜欢社交，一根网线，便是联通外面世界的渠道。从早到晚，不用化妆，也不用穿戴整齐，只求舒服。

可是，对于另一半来说，特别在最初的接触中，还是更愿意看到精致的你。爱美之心，人皆有之，谁都喜欢漂亮的、光鲜的。因此，不管是相亲，还是别的时候，在与另一半见面时，都要适当地打扮一下自己。

3. 改变观念，婚姻不等于不自由

不少剩人觉得，有了婚姻就有了牵绊，没了私人空间，没了自由，连自己的生活圈子都会随之而缩小。

这种想法不免有些偏激。对于现代女性来说，结了婚你仍然可以工作，可以健身，听音乐会、看画展，陪闺蜜出门逛街……而且，你还可以融入另一半的生活圈子，只要处理得好，你的生活圈子不但不会缩小，还会扩大。

素婚，一样幸福

裸婚，能否幸福安然地走下去，不少人提出了质疑。而对于素婚，既没有裸婚那样"残忍"，也不像传统婚礼那样大操大办。一个简单的仪式、一枚并不奢华的戒指、一群祝福的亲友……虽然简单，但一样能够证明真爱。

"有多少爱情是被生活细节打败的？"这句话无疑给了想要尝试"素婚"的人们当头一棒。可是，转念一想，又有多少爱是在生活细节中体现的？爱情的炽烈，可能会在繁琐的生活细节中渐渐磨蚀，变成了平平淡淡的温情。

叶眉和恒远是在大学里谈的恋爱。幸运的是，毕业之后，他们并没有像别的情侣那样分手，而是在同一个城市找到了工作。

对于婚礼仪式，他们都觉得简单点更好。于是，婚礼那天，他们不用租轿车组成迎亲车队，只借了10辆自行车，大红的"喜"字贴在车篮上。新娘就坐在新郎的后面，微笑着倚着他的背。亲戚、朋友也骑着自行车紧随其后，成了城市里一道流动的风景线。

另外，也不给亲友们发"红色炸弹"，双方父母再加上几个熟络的亲友，坐在一起吃了一顿"改口饭"。没有鲜花、气球、彩带，就简简单单的几个"喜"字，就已经喜气洋洋了。

婚后的生活，虽平淡却不乏浪漫。恒远是个十分有心的男人，对于节日与纪念日，恒远总会有所表示；没时间了，就打个电话，发条短信；有

时间了，就亲自下厨给叶眉做顿好吃的。在周末，只要叶眉想逛街，他总是无怨无悔地跟着，当参谋、提东西、付钱。

当然，恒远虽有事业心，但也不会因工作而疏远家庭。他说："有叶眉陪在身边，生活才有奔头儿，工作起来也有劲儿。"

叶眉也觉得，身边有个知冷知热的人关心自己，比一套冷冰冰的房子更有安全感。

一提到结婚，问题就会接踵而来：婚纱照什么时间去拍？婚礼的酒宴安排在哪家酒店？蜜月去哪里旅行？喜贴也要一张一张发，酒宴时两个穿什么衣服……这些事情都要一件件考虑，每个细节都不能忽视。

本来，结婚是一件挺开心的事，结果却变成了压力，不但需要大量的资金，还要花大量的时间与精力去筹备。

现在开始，给你的婚礼做道减法：不办酒席、不拍婚纱，旅行往后延……

婚姻的幸福与否，跟结婚的仪式隆重盛大没有必然的联系。与其婚后举债过日子，不如将婚礼简化，去掉那些可有可无的环节，省掉那些烧钱的"花腔"。

素婚，简化程序，却不降低婚礼质量。自己的婚礼，自己做主，给幸福的婚姻生活一个最简单、最轻松的开端。

围墙内也可以风光无限

都说婚姻是爱情的坟墓，它可以将爱情中的浪漫与激情磨蚀得一干二净。殊不知，柴米油盐也能演绎出平淡而温情的乐章。在围墙内，你只需妥善经营，你的爱情会平稳过渡成亲情。

君贤和晓静已经结婚5年，都说婚姻要经历"7年之痒"。但是，在他们身上好像丝毫没有体现出来，而且他们的婚后生活更加有情调了。

在婚后的前三年，君贤为了能多赚点钱一直在外地上班，只有在周末的时候才能得闲跟晓静团聚。虽然要忍受相思之痛，但他们的感情没有因为距离而变淡。三年过后，君贤遇到了一个合适的机会，果断跳槽到晓静所在的城市。

有了一小部分积蓄，君贤一有空便带着晓静出去游玩。有时自驾游；有时，带着帐篷，两个人去野外露营。同时，他们两个都对摄影非常痴迷，每到一个景点，都会拍一些漂亮的照片留作纪念。

对于送巧克力、玫瑰花、小卡片之类的游戏，君贤并不热衷。他喜欢系上围裙给晓静做一桌子的饭菜，然后看着她吃饱后满足的样子。

婚姻保鲜妙招：

1. 不要自娱自乐

如果你一到家就坐在电视机前看你的肥皂剧，而你的丈夫则坐在电脑前疯狂地玩游戏，仅仅是吃饭的时候，有意无意地交谈两句，那么你的婚姻已经危险了。

两个人没了交流，没了共同经历的点点滴滴，很容易变得乏味而陌生。继而，婚姻对于他们来说，不是甜蜜，而是负担。

谈谈时下最热门的新闻，说说同事之间有趣的故事，不觉之间两个人就会拉近距离，婚姻中的孤独感也会随之而消失。

2. 一定要有浪漫情调

不要总是觉得玩浪漫只是情侣之间的事情，也不要觉得浪漫总是和浪

费挂钩。打破生活中的乏味与单调，最简单的办法就是做些浪漫的事情。

白天忙工作，下班后又忙家务，累了一天，他提出到公园散散步，你不要匆忙地说："我很累。"其实，不是累，只是懒。很多人在说完很累之后，又和街坊四邻一起垒起了"长城"。

另外，浪漫也不仅仅是献花、送礼物。在周末的时候，两个人一起到对方童年玩过的地方走一走，或是到起初约会的地方逛一逛，一起回味过往的时光，也是一种浪漫。

3. 亲昵的语言与动作

有些人把开玩笑误认为油嘴滑舌，而把当众亲昵，看成是轻浮的表现。

亲昵的语言，在婚姻生活中必不可少，是一门说话的艺术。它不但能化解生活中的小矛盾，还能消除隔阂，增加生活情趣。

而亲昵的动作，对提高家庭生活质量更有着一种奇妙的作用。一个拥抱，可以表达思念，也可以表达鼓励，还可以表达包容与理解。亲吻，则是最直接、最有效地表达爱的方式。经常亲吻的夫妻，生活的和谐度往往要比不亲吻的高很多。

不追随流行，就永远不会OUT

零帕的出现，无疑给身处高压下的人们一缕清凉的风，及时吹走了烦恼、焦躁的不良情绪。零帕精神的风靡，给了那些沦为"奴隶"的都市人群一个绝妙的出口——不过分追逐物质享受，拒绝让自己的欲望无限膨胀，不追随流行时尚，轻轻松松做自己……

持续并不属于永恒，当你感到疲惫的时候，就走出时间的围困，做一个最轻松、最自由的你。不盲目地追逐大牌；不做职场的"心理奴隶"；不为迎合他人的审美而拼命减肥；不为追求一时的漂亮而和自己的健康过不去。

在时间上为自己赢得自由，放慢脚步，让自己安静下来，让每一个细胞都自由、畅快地呼吸。

自由自在
零怕族

不做"名牌"的奴隶

加拿大的女作家娜奥米·克莱恩于《No Logo》一书中写道：我们已经落入了一个"品牌即文化的时代"。在这个时代里，企业不再以生产制造产品为己任，而是制造图像、营销品牌，产品本身反而成了品牌的"填充物"。

此书一出，风靡全球，追随者纷纷加入了拒绝名牌的行列之中。于是，NONO族应运而生，他们不迷恋名牌，只崇尚简单，提倡环保，在吃、穿、住、行方面，他们追求内在的充实，而不是依靠华丽的外表来标榜自己。

测试：你是NONO族吗？

1.在买衣服的时候，你最注重的是？

　　A.品牌　　　　　　　　　　B.质量

　　C.舒适度

2.每天早上起床，你会给自己留足化妆的时间吗？

　　A.会的，妆容一定要精致，一天才会有自信

　　B.视情况而定，如果上班，就扮淡妆

　　C.不化妆，喜欢素面朝天

3.你会为自己准备什么样的早餐？

　　A.到有品位的餐厅吃　　　　B.简单随意

　　C.早起自己做，一定要有营养

4.如果出去效游，最喜欢的交通工具是什么？

    A.豪华跑车　　　　　　　　B.怎么方便怎么来

    C.自行车或是地铁，很环保

5.整理衣服时发现了一件过时的T恤，你会

    A.直接丢掉　　　　　　　　B.改造成杯垫

    C.改造成自己喜欢的样子，继续穿

6.你需要购买一个花瓶摆在客厅，你会选择什么样的？

    A.首选名牌，一定要突出自己的品位

    B.只要与周围的环境协调即可

    C.线条简洁而精致，颜色以素为主

7.你的月收入虽然够付首付，但你仍然选择租房是因为？

    A.每月房贷会让你失去购选其他大牌的机会

    B.上下班更方便

    C.自由方便，有随遇而安的感觉

8.每年的度假旅行，你会首选？

    A.有名的景点　　　　　　　B.上网查查哪个打折

    C.去偏远的乡村

9.你的手机会随身携带并24小时开机吗？

    A.当然，手机对我很重要　　B.出门时会带，晚上睡觉会关机

    C.基本不用手机

10.你最欢的生活方式是哪一种？

    A.有品位　　　　　　　　　B.丰富而悠闲

    C.低调的浪漫

自由自在
零帕族

测试结果：

答案：选A得1分，选B得3分，选C得5分。

10～23分： 很显然，你常常抵挡不了名牌对你的诱惑。你觉得生活中就应该充满着激情与悬念。对于Dior、Fendi、Versace、Dolce & Gabbana这些大牌，你会常常关注，只要自己有这个经济实力，你就会前往购买。就算买不起，你也不会买一个假名牌来安慰自己。你觉得买假名牌是件最不优雅的事情。

24～37分： 你是个典型的实用主义。你对生活的要求并不高，不太在乎那些表面的功夫，而注重内在。对于名牌，你既不会很痴迷，但也不会像NONO族那样拒绝；你会在自己能承受的经济范围内适当地包装自己。

38～50分： 你就是追求简单、环保、精致的NONO族。生活在都市中，却能将心灵回归自然，冷静地看待周围的一切。在人群中，你就是低调的贵族，你有着自己的一套生活哲学。符合你口味的，永远是那些线条凝练、简洁、质朴的东西。在心态上，你追求宁静而深远，沉稳、内敛。当然，你的高贵和珍奇，只有你的同类才能看得出来。

对于名牌，每个人都有自己的见解与主张。有人觉得，名牌就如同爱情一样，属于奢侈品。既然你能接受人们勇敢地追逐爱情，那么又何必对名牌的东西嗤之以鼻呢？而NONO族则觉得，名牌只是一种束缚，花费了大把的金钱，买来的却是千篇一律的流水线产品，不值得。与其勒紧裤带去追逐名牌，不如穿戴简单随意一些。

山珍海味的奢华饮食风格曾是富贵的象征，如今应该让我们的胃从油腻中解放出来，追求那种健康、舒心的饮食文化。

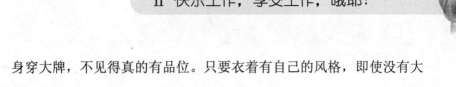

身穿大牌，不见得真的有品位。只要衣着有自己的风格，即使没有大牌为你抬高身价，你依然有着一种不动声色的优越感。

对于家居、出行，也应该追求一种本真、自然的状态，应游离于程式化的物质潮流之外，追求自我，寻找心灵的彻底放松。

好友"白菜"听说李倩搬了新居，而且花费不多就把屋子打扮得超级漂亮，她便忍不住到李倩的新家瞧瞧。

李倩绝对是个DIY狂人，家里的每一样东西都是经过她的巧手改造过的。

生活在广州的一线城市，月收入3 000元左右，除去房租以及日常开销，她的生活还算宽裕。不过，她最大的爱好不是出门逛街，满足自己强烈的购物欲，而是猫在家里，把一些不起眼的素材，经过自己的巧手改造，变成连大牌都不可比拟的小物件。

餐桌上的杯子垫，是李倩用自己原来的睡衣改造的，质地柔软，而颜色也漂亮，去商场里花钱买的那些，也不及这个好看、耐用。再说了，买来的那些东西，哪个不是流水线里大批量生产出来的？

墙角里摆的那个花瓶最具创意，外面的藤条散乱有致，看起来真的很原生态。让人想象不到的是，里面的瓶子居然是由我们常见的油罐改造的。

"白菜"不由地赞叹："不愧是学艺术出身的！"

小板凳也通通换了上新装，看起来精致、活泼多了。

整个屋子的装扮，大多是用旧物改造的，所以花不了多少钱。虽没有什么大牌的东西装扮，但效果却远远胜过大牌。

有人花费几万甚至几十万元来装扮屋子，而李倩所用不足万元，不但将屋子打扮得漂漂亮亮的，更享受了DIY的乐趣，而且根本不用担心因装修而带来的室内空气污染。

　　即使收入不菲，也不需要堆砌名牌，来为自己赢得优越感和时尚感。当别人将自己包裹在重重的色彩与伪装之中时，你完全可以摆脱束缚，享受那种简单、净落、纯粹的生活。

　　当你不追随流行时，你就永远不会OUT。纯棉、粗花的服装，自然清爽的"裸装"，健康美味的食物，环保的交通工具……这一切都在向我们传达着一种宁静、返真的生活态度。

　　生活中，只需加入一点小巧思，便可变得丰富而多彩，何必让一些名牌来搅扰自己的安宁呢？

饮食自由，不跟随"减肥"的流行风

　　"要是再瘦一点儿就更好了。"

　　"真想瘦成火柴棒，那就可以想吃什么就吃什么。"

　　"真希望自己怎么吃都不会胖。"

　　"那么多漂亮衣服都穿不了，太可惜了，一定要瘦、瘦、瘦……"

　　"骨感美，真不知道要流行到什么时候。"

　　一群女生扎堆凑在一起，聊得最多的话题不外乎美食、衣服、化妆品、减肥。不管真胖还是伪胖，不管是年轻的还是年长的，似乎对减肥都情有独钟。对于女性来说，她们往往把减肥作为自己毕生的追求。

　　近来网上一段"不减肥，徒伤悲"的帖子迎来了不少人的围观。

　　一月肉更肥，二月不知谁，三月不减肥，四月徒伤悲，五月路人雷，六月男友没，七月被晒黑，八月待室内，九月更加肥，十月相亲累，十一

月无人陪，十二月无三围……

至于减肥的方法，更是五花八门，有节食的、运动的、催吐的、吃药的，还有灌肠的……有不少人为了减肥，吃尽了苦头，忍饥挨饿不说，还要用无休止的运动来折磨自己，稍微吃一点儿东西，就会产生莫大的负罪感；看到漂亮的衣服，想都不敢想，更别提上前试一试了……

因为觉得自己胖，连自信心都丢到了月球上；见人不敢大声说话，也不想展现自己，就怕别人露出一点鄙夷的神情。

但是，自己真的很胖吗？真的到了非减不可的地步了吗？真是没有一点可爱之处了吗？

仪琳其实根本就不算胖，但她就是对自己的身材不满意。每个月都会花时间去练瑜珈，朋友聚餐她也很少参加。

她说："作为姐们儿，你们更应该支持我，可别总拿美食诱惑我。"

"正因为是姐们儿，才不想让你误入歧途，这样子'虐待'自己。"

其实，她是有一点婴儿肥，不过看起来肉肉的，更可爱。她自己却不相信，一定要再瘦10斤。

对待穿衣问题上，她自己有着严格的界限。无袖的上衣不穿，因为会露出尴尬的"蝴蝶袖"；娃娃装也不穿，因为上了公交车人家会误以为孕妇而给自己让座；袖子太窄的衣服也不穿，因为手臂会变成肉莲藕；紧身的T恤也不穿，因为胸部会把T恤上的图案撑大；买裤子时，一定要买腰围大一号的，不然臀部很紧，至于蛋糕裙，只要不瘦下来，这辈子想都别想。

对待美食，仪琳也有自己的规定。一日三餐都要吃，但是每次都不可多吃；米饭可以吃，但一次只吃拳头大小；肉也可以吃，但一天不要超过5块。一个月中，她会挑选三日来尝试避谷减肥法，不吃饭，只喝水、吃

水果。对于常见食物的卡路里，一定要熟记于心，别的可以忘，这个一定不能忘；至于零食，绝对是个隐形杀手，要想减肥，就要彻底告别薯片、饼干、蛋糕……

每个女孩的减肥史，也是她的"血泪史"。

在排骨美女大行其道的今天，减肥永远是女人讨论不完的话题。仔细想想，整日跟自己的身材过不去，对自己的体重斤斤计较。只要听到别人惊讶地说一句："你好像比原来胖了。"你就会郁闷好久，然后再狠狠地饿上几天。

真的有必要这个样子吗？不是每个男生都喜欢火柴棒一样的女孩。就算是史上瘦得出了名的赵飞燕，最后也被丰腴的妹妹夺了专宠。

如果你还对自己的身材不自信，仍然觉得自己很胖，在减肥之前，就听听C-BLOCK的《Fat Girl》。

流行真是个让人琢磨不定的东西，在一阵强烈的"复古风"带领下，没准又转回到唐朝——那种富态的美又大行其道。而在你千辛万苦瘦身成功后，可能又得将那抛下的几斤肉再一两一两地填回来。

身体零怕，不穿"恨天高"

性感女神玛丽莲·梦露生平最爱的就是高跟鞋。她优雅的步态，说到底还是拜高跟鞋所赐。她曾说过：每个喜欢高跟鞋的女性，都欠高跟鞋的发明者一个人情。

一双高跟鞋里是否真的隐藏着生命的别样姿态？答案不言而喻，它不

但能够增加你的身高，更重要的是它可以增进你的诱惑指数。步幅减小，身体的重心前移，腿部挺直、臀部收缩，胸部上挺，袅袅婷婷，摇曳生姿。这种藏于足尖的艺术，让无数渴望美丽、优雅的女人为之沉醉、疯狂。

但是，在带给众多女性美丽的同时，它也成了足部最大的束缚，而且对女性的健康也造成了威胁，水疱、厚茧、鸡眼、嵌甲、腰痛、颈椎病……

所有偷穿过妈妈高跟鞋的女孩都是源于对成熟的向往，薇薇也不例外。

第一天穿高跟鞋，她在步履蹒跚中重新审视了这个世界。她很享受高跟鞋与地面碰撞发出的清脆响声。在办公室、在街道、在商场、在家里的楼道，她毫不顾忌地放纵自己的鞋跟踩出声响。

薇薇有个属于自己的鞋橱，上面摆满了各种各样的高跟鞋。夏天的、冬天的、6厘米的、9厘米的、圆跟的、细跟的、厚底的、薄底的……每一双鞋都是经过她精挑细选的。而且她喜欢给高跟鞋取名，因为从她穿上的第一天起，属于这个高跟鞋的故事就开始了。

白天的故事永远都是精彩的、华丽的。回到家后，她喜欢一个人曲在床上，习惯地撕下创可贴，贴在红肿的脚前趾上，然后，麻利地撕下另一片，贴在磨破的脚后跟上。

美丽的背后总是伴随着疼痛。但是，疼痛也阻挡不了她第二天继续穿上高跟鞋。直到医生告诫她：换穿平底鞋吧。薇薇才意识到，自己的健康确实亮起了红灯，腰痛、拇指外翻、拇囊炎，而且曾经的纤纤玉足也开始变形了。医生说：再这样下去，就只能手术了。

这才使薇薇警醒，开始注意到足部健康，给足部做理疗，每晚回家后按摩、泡脚。

自由自在
零怕族

倘若让你说出一种既爱又恨、欲弃还迎的东西，高跟鞋可列在其中。高跟鞋从成型到现在，已经经过三个多世纪的历史了。当然，它也折磨了女人三个多世纪，它成了让女人欲罢不能的饰物。仅仅几厘米的差距，就可以瞬间让女人变得更加妩媚，更加挺拔。也正是这几厘米的小托垫，成了女人最致命的束缚。

随着高跟鞋花样的不断翻新，它也在挑战着我们的健康极限。有不少都市白领，为了漂亮将自己的健康置于一边。追求时尚、漂亮本没有错，但如果不考虑自己的健康，就会给自己带来不必要的麻烦与负担。

小贴士：

脚是人的第二心脏，在我们追求美丽的同时，也应该保养好自己的美足。

1. 选择鞋子时一定要注意舒适度。鞋底太高、鞋头太尖的鞋对脚的损伤最大。在穿上高跟鞋的时候，你身体的所有重量都集中在了脚掌，脚趾长时间受挤压，就会造成趾甲嵌入肉里，继而患上甲沟炎。

2. 回到家后，做足脚上放松工作。在地板上放一个空瓶子，光着脚在上面来回滚动。用热水泡脚是最简单的保养方法。看电视、玩电脑的时候，可以在盆里滴几滴舒缓的精油，然后将脚放在里面。

3. 及时剪趾甲，去角质。在泡脚后，因为趾甲比较软，可以修剪和打磨，角质也可以轻轻除去。此外，还要涂上滋润的乳液，给脚来个彻底的美容。

对待年龄，不和时间打架

要想获得自由，最好的办法不是逃避，而是面对，比如说岁月在我们脸上留下的印迹。

岁月的流逝，最让我们心痛的、最让我们害怕的，就是青春正在一步步渐行渐远。

22岁以前，你无视青春，素面朝天，笑得那样灿烂。

25岁的时候，你发现自己要珍惜了，自己的青春正在一天一天地溜走。

30岁的时候，你惧怕过生日，其实每一天都在成长着，只是这一天有了标致性的意义。

35岁过后，你开始搜罗各大保养品，不惜重金买来一一试验。同时，你还会光顾各种美容院、养生会所。

40岁，你最害怕听到的就是腹部松弛、体重增加、乳房下垂……这些词语。因为一条一条，全在自己身上实验了。

谁都想拥有青春，只是生命的每个阶段都有自己独特的味道。如果紧紧抓住青春的尾巴不放，你也会失去成熟赋予你的智慧、韵味以及无限的魅力。

对于一个聪明的女人来说，年龄和岁月对她来说都不是魅力的障碍，她会让年龄为自己的美丽加分。

紫燕刚刚过完了36岁的生日。30岁以后，她对过不过生日已不那么看重了。因为这一天，让她更加清醒地认识到自己的青春已不在。

丈夫总是笑着说起她的缺点，看到丈夫对电视里年轻貌美的主持人赞不绝口的时候，她的心里突然产生了自卑。看着镜子里那张美丽的脸悄悄地发生着变化，不经意地多了一些暗斑，紫燕对于丈夫的那些玩笑话更加在意了。

与姐妹们在一起的时光是最轻松的。每次，大家讨论的话题总绕不开保养品、美容院。

"我现在每天都要花两个小时来化妆。"

"我现在都不敢跟年轻的那些女同事站在一起了。"

"我也是，也不敢走在光线明亮的地方，最怕人家看出我的皱纹。"

为了抓住青春的尾巴，紫燕每天晚上都要一层又一层地往脸上涂护肤品。每天早上，出门前还要一层又一层地涂化妆品遮盖。

直到有一天，丈夫从她后面搂着她的腰，在耳边私语："其实，你不化妆时更漂亮。"

她吃了一惊，丈夫接着说："两个人一起变老，不也是一件浪漫的事吗？"

她早已忘记了两个人最喜欢的一句诗："执子之手，与子携老"。

两个人一起变老，真的是一件最浪漫、最温情的事。

在对待岁月的问题上，我们不必总与时间纠缠。20岁时你拥有美丽，30岁时你拥有优雅，40岁时你拥有韵味，50岁时你拥有智慧，60岁你拥有健康……只要你不和自己的年龄计较，你的整个人生都拥有最可贵的自由。

坦然地接受变老这个事实，不必刻意掩饰，也不必在意周围的目光。与自己和解，与生命和解，在自由与优雅中畅享生活。